www.tredition.de

AF202309

Alexander Splitter

Grenzunterführung

www.tredition.de

© 2018 Alexander Splitter

Verlag und Druck: tredition GmbH, Hamburg

ISBN
Paperback: 978-3-7469-3390-0
Hardcover: 978-3-7469-3391-7
e-Book: 978-3-7469-3392-4

Inhaltsverzeichnis

Grenzunterführung

Heute bin ich zu Fuß unterwegs. Ich besuche meinen Freund Nuri, er hatte es sich gewünscht. Ich vermute, dass er mir Wichtiges zu sagen hat, deswegen machte mich auf zu ihm, ohne zu zögern. Der Weg führt entlang des Flusses. Das Flussbett ist hier tief und breit, doch ein Schiff sieht man selten den Fluss befahren. Nuri sagt, dass der Fluss ständig sein Flussbett ändert, was Probleme für den Schiffsverkehr bedeutet. Der Weg, den ich nehme, ist ein Feldweg, ohne jeglichen Belag, mit reihenweisen Schlaglöchern. Er ist befahrbar nur für Pferdewagen und sonstige von Tieren angetriebene Verkehrsmittel. Ab und zu reitet jemand auf einem Esel vorbei. Mit einer kurzen Begrüßung in turkmenischer Sprache reitet er an mir vorbei. Wir beide kennen uns nicht. Der Esel ist schon eine große Hilfe in dieser schlecht automatisierten Gegend. Die Stadt lässt sich mit einem Esel einfacher erreichen. Das Nachhause bringen von Einkäufen ist damit einfacher. Das Dorf lässt sich auch mit einem Boot erreichen. Da ich weder ein Tier zum Reiten noch ein Boot besitze und auch kein Busverkehr vorhanden ist, habe ich mich entschieden, den Fußweg zu nehmen. Im Haus von Nuri herrscht auf den ersten Blick Armut, kein schönes Mobiliar, kein warmes Wasser, keine Elektrizität noch sonst etwas von den Möglichkeiten des zwanzigsten Jahrhunderts. Wer ihn kennt, weiß, dass dies nur auf den ersten Blick so scheint. Das Haus befindet sich in einem Dorf, etwa fünf Kilometer von der Stadt entfernt. Nuri besitzt ein paar Schafe, die auf der Weide grasen, im Gehege gackern die Hühner. Das Allerwichtigste aber ist sein Esel. Mit seiner Hilfe bringt er, so wie seine Dorfleute auch, den Einkauf aus der Stadt nach Hause. „Eigentlich ist es bequem", sagt Nuri, „wir Asiaten haben uns an den Esel gewöhnt." Gestern bekam ich seinen Brief. „Wir sahen dich lange nicht", schrieb er. „Bibischirin möchte dich auch gerne sehen, sie redet ständig von dir. Uns selbst geht es gut." Ihre Sehnsucht nach mir ist groß, und ich teile das Gefühl. Aus dem Grund habe ich mich entschieden, meinen Freund heute zu besuchen. Er steht vor der Tür, hält seine Hand wie eine Schirmmütze über die Augen, damit die Sonne ihn nicht blendet, „Iskander", er nennt meinen Vornamen auf turkmenische Art, „ich bin glücklich, dich zu sehen". Wir umarmten uns. Bibischirin stand hinter ihm, sie bezauberte mich mit ihrem sanften Lächeln. Ich verneigte mich tief vor ihr, „sie sind zu mir wie meine Mutter" sagte ich. Der Grund meiner Zuneigung lag darin, dass ich vor einem Jahr von zu Hause ausgezogen bin. Jetzt lebte ich in dieser Stadt, weit weg von meinen Eltern. Die Muttergefühle brauchte ich, wie jeder Sohn. Nuri nahm mich an der Hand, wie man ein Kind an die Hand nimmt. „Komm, wir setzen uns unter den Apfelbaum." Im Schatten des Apfelbaums ist es angenehm kühl. Auf dem Tisch unter dem Apfelbaum steht eine Kanne mit frisch aufgebrühtem Tee. Auf dem Tisch stehen außer dem Tee eine Schale mit Würfelzucker sowie eine Schale mit aufgeknackten Nüssen und eine Schale mit gebrochenem Fladenbrot. Bibischirin bastelt am Herd, sie kocht für uns das Mittagessen. Ein leckerer Duft von Lammfleisch verbreitet sich überall. Das Gefühl, dass beide von meiner Ankunft wussten, verlässt mich nicht. Woher sie das nur wissen konnten? Ich selbst habe ihnen das vorher nicht gesagt. Es scheint mir, dass Nuri das Lamm für mich geschlachtet hat. Gastfreundschaft ist bei ihm das oberste Gesetz. Ich frage ihn, warum er das macht. Seine Antwort ist, dass weder Bibischirin noch er viele gute Freunde haben. Nachher frage ich ihn auch, woher er wusste, dass ich heute komme. Er legt die Hand auf seine Brust und sagt, dass sein Herz es ihm gesagt hat." Die Antwort reicht mir. Wir trinken Tee, wobei er mir eine Geschichte erzählt, die ich niemals vergessen werde.

„An dem Abend", so fing er an, „hatte ich einen Auftrag zu erledigen. Ich freute mich, denn ich bekam meine Aufträge nicht regelmäßig und auch nicht oft. Manchmal dauert es drei Monate, manchmal noch länger, bis ich den nächsten Auftrag bekomme. Mein Job ist äußerst gefährlich. An dem Abend sollte ich illegal die Grenze überqueren. Ich stand vor dem Fenster. In mich gegangen schaute ich durch das Glas. Ich stellte mir den Weg vor, den ich heute Nacht vor mir hatte. Es ist ein Weg, den ich zig Mal gegangen bin. Er ist mir bekannt, bis ins kleinste Detail. Doch ist dieser Weg jedes einzelne Mal so gefährlich, dass es mir vorkommt, als wäre es immer wieder das erste Mal. Mein Vater hatte mir den Weg gezeigt. Er bekam oft Beinschmerzen und war nicht mehr gut zu Fuß. Mein Vater hat mich auch gewarnt, dass ich niemandem davon erzählen solle. denn der Weg würde mich irgendwann ernähren. Ich gehorchte ihm, sagte niemandem ein Wort, auch nicht meiner Frau. „Ich behielt mein Geheimnis für mich", sagte Nuri, „bis ich dachte, es ist jetzt Zeit, Bibischirin muss es wissen. „Meine Tochter wurde erwachsen, sie fand ihr Glück mit einem Mann aus dem Nachbardorf. Ich freute mich, dass sie in das Dorf kommt, das ich ab und zu besuchte. An dem Tag hatte ich wieder einen Auftrag. Ich sollte einen Politiker über die Grenze bringen. Den Mann konnte man nicht auf diplomatischem Wege über die Grenze bringen. Die Gründe dafür waren mir nicht bekannt. Für ihn jedoch war es sehr wichtig, nach Afghanistan zu kommen. Meine Frau kam vorbei. „Grüße bitte unsere Gülschan." Bibischirin stand dicht neben mir, sie schaute mir in die Augen, „ich habe unsere Tochter schon lange nicht mehr gesehen!" „Ich grüße unsere Tochter, Liebes, ich möchte sie auch gerne sehen." Ich fuhr mit der Hand zärtlich über ihre

Wangen, drehte mich weg, schaute noch einmal durch das Fenster. Ich sah niemanden und ging nach draußen. Keine Umarmung, kein Kuss, kein Auf Wiedersehen, bei mir und meiner Frau ist das nicht üblich. Auf meinen verwunderten Blick sagte er, ich liebe meine Bibischirin wie am ersten Tag. Unsere Tochter bekam viel Zuneigung von uns, solange sie klein war. Mir ging durch den Kopf, was meine Frau heute Morgen zu mir sagte. „Amerikaner und Russen streiten um Afghanistan, und mich verlässt das ungute Gefühl nicht, dass am Ende ein Krieg ausbricht." sie hatte im Radio gehört, dass die Lage angespannt ist, und ihr Gefühl sagte, dass es für mich gefährlich sein konnte, die Grenze zu überqueren. Trotzdem hielt sie mich nicht auf. Draußen neben der Tür blieb ich eine Weile stehen. Dann nahm ich meinen Sack, schaute auf die Tür, flüsterte auf Wiedersehen, was sie im Haus nicht hören konnte, und verließ den Hof. Meine Aufgabe war schwierig und gefährlich. Ich sollte einen Politiker nicht nur über die Grenze bringen, sondern ihn bis ins Dorf begleiten, welches sich in der Nähe der Grenze befand. In meinem Sack trug ich ein paar Geschenke. Es waren nur Kleinigkeiten. Für meinen Schwager Turlibai hatte ich einen Belbog, ein Tuch, das die Leute in Asien anstelle eines Gürtels benutzen. Draußen herrschte tiefe Dunkelheit. Unbemerkt verließ ich das Dorf. Am Dorfrand wartete auf mich ein Mann. Das Alter konnte ich im Dunkeln nicht abschätzen. Der Stimme nach konnte er aber noch nicht alt sein. Der Silhouette nach war er groß, schlank. Auch war er nicht sehr gesprächig. Der Mann zog aus der Innentasche seines Mantels etwas in ein Tuch Eingewickeltes und reichte es mir, „stimmt so", sagte er. Ich verlor nur ein Wort, „gut." Das Bündel versank in meiner Manteltasche. Das ist meine Belohnung. Ich drehte mich von ihm ab, schaute in Richtung des Flusses. „Dorthin führt unser Pfad", sagte ich leise. Mir schien die Dunkelheit so schwarz, man hätte sie mit einem Messer schneiden können. Jemand, der mit der Gegend nicht vertraut ist, sieht in solch einer Dunkelheit nichts. Ich aber fühle mich in dieser Gegend zu Hause. Der Fluss an dieser Stelle ist nicht breit, das Ufer ist zugewachsen. Gehen wir, flüsterte ich ihm zu. Ich ging vor ihm her, mein Begleiter folgte mir, ohne ein Wort zu sagen. Wir gingen eine Weile am Ufer entlang, bis wir an eine Art Öffnung im Erdreich kamen. Ich schob das Schilf davor auseinander, holte unbemerkt mein Messer heraus und ließ mich auf die Knie sinken. In dieser Stellung kroch ich in die Öffnung. Komm, flüsterte ich dem Begleiter leise zu. Er hörte meine Stimme und kroch auf den Knien mir nach. Das Messer, das ich bei mir hatte, sah er nicht. Das ist in Ordnung, dachte ich. Der Mann konnte nicht wissen, dass im Tunnel auch sämtliches Wild Aufenthalt sucht. Wenn er das Messer bei mir gesehen hätte, wäre ich ihm eine Erklärung schuldig gewesen. Vor einiger Zeit kroch ich durch den Tunnel und stieß auf einen Biber, er hatte sich im Tunnel breitgemacht. Ich erschrak und suchte das Weite. Er hat uns nur einen Schreck eingejagt. In dieser Nacht gab es keine Hindernisse. Der Tunnel ging zuerst nach unten, dann ging er ein Stück horizontal, dann wieder nach oben. Mein Begleiter begriff, dass es nach draußen geht und dass wir am anderen Ufer des Flusses ankamen. „Die Luft wird reiner", flüsterte er. Ich bin an diesen Tunnel gewöhnt. Wir brauchten eine Viertelstunde, bis wir ins Freie kamen. Wir krochen heraus. Während wir durch den Tunnel krochen, verloren wir kein Wort. Das gefiel mir. „Der kommt durch", dachte ich, „der kann schweigen." „Wir sind gleich über dem Fluss", flüsterte ich ihm zu. „Ich schaue mich kurz um und bin gleich zurück." „Ich bleibe hier", gab er zur Antwort. Er setzte sich vor die Öffnung. Wie einfach, dachte er, wenn alles so glattgeht, bin ich bald bei meinen Leuten. Süße Träume überwältigten ihn, „ich sehe meine Gulschechra und meine beiden Kinder", flüsterte er. Auf demselben Wege schaffe ich es auch, mit ihnen zurückzukommen. Nach zehn Minuten kam ich zurück, ich unterbrach seine Träume. Die Luft ist rein, wir können gehen. Diese Seite der Grenze wird kaum überwacht. Selten schlendert ein Grenzschützer am Ufer entlang und Niemand denkt daran in den Tunnel zu kriechen. Wir gingen eine Stunde quer über Land. Vor uns sahen wir das Dorf.

Wir nahmen die dunkle Seite der Straße. Ein paar Straßenlaternen halfen uns beim Orientieren. Ihr Licht fiel auf den Eingang eines Gebäudes. „Das ist das Gemeindehaus", sagte ich, „jetzt gehst du alleine weiter." Mein Begleiter legte die Hand aufs Herz und verneigte sich vor mir. Ich tat dasselbe. Ein leises Danke, er verschwand in der Dunkelheit. Ich dagegen bog in eine Nebengasse ein und ging hundert Meter weiter. Vor einer Lehmhütte blieb ich stehen. Auf mein leises Klopfen am Fenster ging der Vorhang zur Seite. Jemand schaute durch das Glas. Das war Kemal, mein Schwiegersohn. Der Vorhang ging wieder zu, nach einer Minute schob Kemal von innen den Türschieber weg, und ich hörte das Quietschen der Scharniere. „Er muss die Scharniere ölen, dachte ich, ich muss ihm das sagen." Wir umarmten uns nach unserem Brauch. Gulschan kam dazu, sie umarmte mich. Unsere Bräuche ignorierte sie. Kemal machte die Tür hinter mir zu. Er hängte ein schwarzes Tuch vor das Fenster. Jetzt betätigte er den Schalter an der Wand. An der Decke leuchtete eine Birne auf. Sehr hell wurde es nicht, trotzdem konnte man sehen. Im Ofen glühten die Kohlen. Gulschan stellte eine Teekanne auf die Kohle, breitete ein Tischtuch auf das Tischlein, das mitten im Zimmer stand. Danach kamen Tassen, Fladenbrot, Würfelzucker, auch ein paar Nüsse. Nüsse werden in Asien sehr geschätzt. „Soll ich etwas zu Essen kochen, Vater?" „Nein danke, ich trinke nur eine

Tasse Tee, dann gehe ich zurück." „Bleib ein paar Tage bei uns zu Gast", bat Gulschan. „Nein, deine Mutter hatte einen bösen Traum, sie meint, Krieg kann ausbrechen", erwiderte ich. Die Meinung der Mutter wird hochgeschätzt, wenn die Mutter es sagt, dann kann es auch sein. Nuri schwieg lange, dann sagte er, ich kann dir versichern, dass in ein paar Tagen die Sowjetunion in Afghanistan einrückt. Du weißt es doch selbst." Ich holte die Geschenke aus dem Sack, legte sie auf einen Stuhl, erklärte, für wen jedes Geschenk gedacht ist. Kemal bat mich an den Tisch. Wir tranken Tee. Dabei erzählte er, dass bei ihnen im Dorf Unruhe herrscht. Vom Krieg wird nicht geredet, doch in den Menschen herrscht Unruhe, man kann es sehen. Noch dachte niemand daran, dass in ein paar Tagen die Sowjetunion in Afghanistan einrückt. „Ging es dir gut unterwegs?" „Ja, ich bin gut über die Grenze gekommen." Eine Stunde dauerte unsere Unterhaltung. Es ist alles gesagt, alles geklärt. Es war Zeit für mich, nach Hause zu gehen. Ich erhob mich von meinem Sitz. „Ich muss gehen Kinder, es ist Zeit, Mama wartet. Etwas habe ich beinahe vergessen." „Was denn, Vater?" „Ich bekam ein bisschen Geld für euch." Ich holte aus der Manteltasche das Bündel von meinem Begleiter und wickelte es auf. Es ist ein Päckchen mit afghanischem Geld. „Schön viel", sagte ich und teilte das Geld in der Mitte, ohne zu zählen. Danach reichte ich eine Hälfte meinem Schwiegersohn. „Uns mit Mama reicht der Rest." „Danke", die beiden freuten sich. „So viel Geld, Papa", ich schaute Gulschan an, ihre Augen strahlten vor Freude. „Es ist gut so, Kind." Ich knipste den Schalter aus, es wurde dunkel, nur im Ofen loderte das Feuer. Ich ging nach draußen, die Dunkelheit nahm mich in ihre Obhut. In zwei Stunden klopfte ich an meine Haustür. Bibischirin schlief nicht, sie wartete auf mich. „Was macht unsere Tochter?" Es ist immer ihre erste Frage. „sie ist gesund, beruhigte ich, ich gab ihnen ein bisschen Geld, das ich verdient habe. Kemal ist auch gesund." „Das hast du gut gemacht, sie leben drüben in Armut." sie wischte die Tränen mit ihrem Kopftuch aus dem Gesicht. „Wollen wir schlafen?" Ich streckte mich. „Für heute ist es genug". Ich schlief sofort ein. Am Morgen wachte ich auf, ich konnte nicht mehr einschlafen. Wieder ging mir der gestrige Grenzübergang durch den Kopf, wann dieser Tunnel entstand, wer ihn plante, wer ihn baute, all das war mir unbekannt. Ich weiß nur, dass Vater mich eines Tages mitnahm. Mit dreißig Jahren habe ich dann selbst mir dieser Arbeit angefangen. Ich erinnere mich noch genau an die Unterhaltung mit meinem Vater als Kind. „Wohin wollen wir gehen, Vater?" „Ich will dir etwas zeigen", sagte der Alte. „Du musst mir aber versprechen zu schweigen." Seine Stimme klang geheimnisvoll. Ich erinnere mich an die gleiche Dunkelheit, heute und damals. Mein Vater ging mit mir aus dem Dorf. Unbemerkt, umarmt von der

Dunkelheit, gingen wir mit einem Begleiter in das Rohr hinein. Schweigend bin ich ihm damals gefolgt. Ich habe alles nachgemacht. Wir ließen uns auf die Knie, krochen auf allen vieren durch den Tunnel und schauten uns genau um, als wir den Tunnel verließen. In einer Viertelstunde krochen wir zum Ausgang. „Das ist Afghanistan", flüsterte Vater an mein Ohr. Ich habe sein Gesicht nicht gesehen und war sehr erschrocken. Ich wollte gerne etwas sagen, um meinen eigenen Schreck zu überwinden, doch seine Hand hielt mir den Mund zu. „Nachher, zu Hause", flüsterte er mir ins Ohr. Am nächsten Abend zu Hause gingen wir in den Stall, um unsere Kuh zu füttern. Hier im Stall erzählte er mir, was seine Hauptbeschäftigung ist. „Ich bringe Leute über die Grenze, von hier nach Afghanistan und umgekehrt." Er fing meinen fragenden Blick, „die Menschen bezahlen mich dafür." Ich staunte, er dagegen blieb ruhig. In diesem Land, wo die Grenze so scharf bewacht wird, schaffte es mein Vater, ungesehen und regelmäßig die Grenze zu passieren. Manchmal schmuggelte er dabei Waren. Ein anderes Mal hatte er Begleitung. „Was sind das für Menschen, Vater?" Damals ahnte ich, dass auch Drogen über die Grenze gebracht werden. „Menschen aus der Politik", sagte der Alte ruhig, „Drogenschmuggler, vom Staat verfolgte und gesuchte Personen. Es gibt viele. sie besitzen alle ein Recht auf Leben, und ich helfe ihnen." Ich schwieg, denn ich hatte keine Worte.

Mein Vater wollte mir alles erklären. „Ich bin alt, mir fällt es immer schwerer, auf den Knien zu kriechen. Wenn du mal erwachsen bist, darfst du niemandem davon was sagen, kein einziges Wort. Deine Mutter weiß bis heute nichts davon, und ich möchte, dass es so bleibt". „Ich verstehe, Vater," hatte ich damals geantwortet. „Ich weiß nicht, woran ich diese Menschen erkennen kann." „Die erkennen dich und ssie bezahlen dich auch." „Wie erkenne ich, ob das der richtige Mensch ist?" „Es kann eine Falle sein. Am Tag kommt jemand bei dir vorbei, der in einen grauen Mantel gekleidet ist." „Viele tragen graue Mäntel", unterbrach ich ihn. „In der Regel trägt er einen Gürtel in der Hand. Das ist das Erkennungszeichen." Mein Vater schaute mich an, „keine Angst, ein paar Mal geh ich mit dir." „Warum hast du damit gewartet, bis ich 30 Jahre alt bin?" „Bis jetzt habe ich es selbst geschafft, nun kann ich nicht mehr, meine Gesundheit macht nicht mehr mit." Nach einem Monat war es soweit. Ein Mann mit einem Gürtel in der Hand ging an unserem Hof vorbei. Er ging ein Stück weiter, bog auf die Nebenstraße und setzte sich dann auf eine Bank im Schatten eines Baumes. Mein Vater ging ihm nach. sie begrüßten einander, indem sie sich voreinander verneigten. „Wenn es kühler wird, kann man bestens spazieren", sagte der Fremde. „Ja, aus dem Dorf heraus." Der Alte zeigte ihm mit Kopfnicken die Richtung. „Dort ist die Landschaft wunderschön."

Mehr sprachen sie nicht. Die Dunkelheit brach herein. Mein Vater sagte zu Mutter, dass wir beide an die frische Luft gehen. Wir beide gingen nach draußen. Langsam verließen wir das Dorf, wie zwei Menschen, die vor dem Schlafen spazieren gehen. Ein Mann kam unbemerkt dazu. Er hatte einen zugebundenen Sack in der Hand. „Gehen wir?!" „Ja", sagte mein Vater. Der Mann zog aus seiner Manteltasche das Geld, das in ein Tuch eingewickelt war, und gab es meinem Vater mit den Worten, „für sie." Mein Vater steckte das Bündel in seine Tasche. Wortlos gingen wir in Richtung Fluss. Das Schilfrohr zeigte sich wie ein dunkler Streifen. Der Unbekannte und ich folgten ihm. Dieses Mal merkte ich mir den Weg besser. Wir krochen in das Rohr und verließen es auf der anderen Seite des Flusses im Freien. Hier hielten wir an und legten uns die Hand aufs Herz. Der Mann dankte und sagte, dass er nun selbst den Weg findet. „Dieser Mann geht den Weg nicht das erste Mal", dachte ich mir damals. Mit schnellen Schritten ging er in die Gegenrichtung vom Dorf. „Wir beide gehen jetzt zurück nach Hause", flüsterte der Alte, „merke dir die Richtung." In knapp einer Stunde waren wir zu Hause, wo meine Mutter das Abendbrot serviert hatte. sie wartete auf uns. Wir aßen das Abendbrot in aller Ruhe. Weder mein Vater noch ich erwähnten den Grenzübergang. Vor dem Schlafengehen ging ich nach draußen. Mir war klar, dass Mutter keine Ahnung hatte, woher wir gingen und kamen. Umso mehr wusste ich davon. Der Job meines Vaters ist gefährlich wie kein anderer. Die Sitten verbieten meiner Mutter nachzufragen. Jeder Besuch auf der anderen Seite ist lebensgefährlich. Man nennt es auch auf Messers Schneide gehen. Selbst Vögel wurden von der sowjetischen Seite abgeschossen. Mein Vater machte es dauernd. Ich war und bin mit Recht stolz auf meinen Vater. Jetzt ist mir klar, warum ich über die Tätigkeit meines Vaters nicht sprechen darf. Ein paar Tage nachdem mein Vater mich eingeweiht hatte, lebte ich wie in Trance. Für meinen Vater gab es keine weiteren Aufträge. Ich gewöhnte mich an den Gedanken, dass es keine Arbeit mehr gab. Es vergingen knapp drei Monate, bis jemand erneut auf uns zukam. Ein Mann mittlerer Größe, gut gebaut, ging unauffällig an unserem Haus vorbei. Mein Vater stand im Hof. Ich sah, wie er dem Mann nachging. Ich wartete, bis er um die Ecke verschwand. Dann ging ich zur Ecke, an der mein Vater verschwunden war. Von dort schaute ich beiden zu. Es war eine normale Begrüßung zweier Menschen, die einander nicht kannten. Gehört habe ich damals nichts. Dafür war die Entfernung zu weit. Mein Vater kam auf einem anderen Weg nach Hause zurück. „Du hast alles gesehen?" „Ja, woher weißt du das?" „Ich habe gespürt, dass uns jemand beobachtet. Jetzt weißt du, wie es abläuft." Ich war ihm dankbar, denn er beschwerte sich nicht, dass ich ihm zugesehen hatte. Eines Tages sagte er dann endgültig zu mir, das seine Gesundheit nicht mehr mitmachen würde und ich nun verantwortlich sei. Ich habe mich damals gefragt, ob ich es schaffe, die Aufträge von meinem Vater zu übernehmen. Außer mir gab es niemanden. Wieder dauerte es einige Wochen, bis jemand an unserem Haus vorbeilief und ich ihm nachging. Alles verlief wie in der Szene mit meinem Vater. In Dunkelheit brachte ich die Person über die Grenze. Am Ausgang des Tunnels übergab mir die Person das in ein Tuch eingewickelte Geld. Wir bedankten uns, und die Person ging ihren Weg. Zu Hause zählte ich das Geld. Erstaunt schaute ich es an. Mit der Entlohnung konnten meine Familie und ich ein halbes Jahr überleben. Meine Tochter Gulschan wurde erwachsen. Eines Tages kam in unser Dorf ein junger Mann aus Afghanistan. Meine Frau kannte die Familie des jungen Mannes, weil sie vor Jahren in unserem Dorf gelebt hatten. Beide gefielen einander. Auf uns wartete sehr viel Bürokratie mit den Dokumenten für die anstehende Ehe. Mit viel Geld und Mühe gelang es uns, die beiden standesamtlich zu verheiraten. Gulschan verließ uns daraufhin, um mit ihrem Mann in Afghanistan zu leben. Meine Frau und ich halfen den beiden, wo und wann immer wir konnten. Irgendwann kam dann der Tag, an dem ich meiner Frau, meiner Tochter und ihrem Ehemann alles erzählen musste. Bibischirin hatte recht, als sie sagte, „dass der Konflikt zwischen den Sowjets und den Amerikanern zum Krieg führen kann." Wir haben dann später über das Radio erfahren, dass Soldaten der Sowjetunion die Stadt Kabul besetzt hatten. Damit kam auch das Ende meiner Arbeit. Bis dahin hatte ich meinem Freund Nuri gespannt zugehört. „Was hat der Krieg denn mit dem Tunnel zu tun", wollte ich nun wissen. Nuri antwortete mir mit ruhiger Stimme: „Eines Tages wurde in den Radionachrichten berichtet, dass unter dem Fluss Amu Darja ein Tunnel entdeckt und zerstört wurde. Der selbige Tunnel hatte unsere Familie viele Jahre lang ernährt. Irgendwann im neunzehnten Jahrhundert erbaut, funktionierte er über mehrere Jahrzehnte. Auch weiß ich nicht von wem er erbaut wurde, denn ich selbst bin hierher nach Tschardshou geflohen." Ich bedankte mich für Nuris Vertrauen und sagte, dass ich seine Geschichte niemals vergessen würde. Als wir unser Gespräch beendet hatten, war der Tisch gedeckt. Es gab ein asiatisches Nudelgericht mit Lammfleisch, das von den Einheimischen Lagman genannt wird. Bis in die Nacht erzählte mir Nuri Geschichten aus seinem Leben.

Für das Leiden gab es kein Ende

Waldemar Steininger war der älteste Sohn der Familie. Geboren am 26. November 1882 in Andenburg. Getauft und konfirmiert wurde er in Grüntal. Seine Ehefrau Emma Schmiedgal wurde am 20. Dezember des Jahres 1883 in Grüntal geboren. Getraut wurden sie am 28. April des Jahres 1905. Nach der Trauung besuchte sie der Pfarrer bei ihnen zu Hause. Die Hochzeit wurde groß gefeiert, viele Gäste wurden eingeladen. „Nachher erzählte Mutter Schmiedgal, „es war schön damals, unsere Familie war wohlhabend, wir waren alle gesund und glücklich."

Lidia sitzt auf dem Stuhl neben dem Bett. sie hält ein Manuskript in der Hand und drückt es behutsam gegen sich. Auf dem Bett vor ihr liegt eine alte Frau. Lidia, die ihre Nichte ist, hört ihr aufmerksam zu. Wera erzählt die Geschichte ihrer Familie. Ihre Sinne sind klar, „mir scheint, es ist alles erst vor kurzem passiert", sagt sie. „Damals herrschte Ruhe im Lande, die Familie war gut situiert, die Welt noch in Ordnung. Von Stalins Willkür hatten wir noch nichts gehört. In Grüntal, einem Dorf in der Ukraine, bekamen Waldemar und seine liebe Frau Emma ihre erste Tochter, die sie Erna nannten. Die Eltern freuten sich sehr über die Geburt des Kindes. Es war der sechste Januar des Jahres 1906. Die kleine Erna wuchs nach damaligen Verhältnissen im Wohlstand auf. Nichts trübte das Glück der Familie. Nach einem Jahr kam ihr Bruder, Artur, zur Welt. Danach dann vier weitere Kinder, alle zur Freude ihrer Eltern. Die Kinder wuchsen sorglos auf, sie waren gesund und glücklich." „Tante Wera, haben sie tatsächlich noch alle Daten im Kopf?" „Natürlich, außerdem habe ich immer ein Tagebuch geführt, du hast es ja in der Hand, ich lese selbst ab und zu darin. Nach den guten Zeiten kamen die schweren. Im Volksmund wird gesagt, dass Kinder Glück bringen würden, doch es kam mehr Leid als Freud auf die Familie zu. Eine Krankheit führte zum Tod der vier jüngsten Kinder. Eduard starb im Jahre 1911, Helena und Alfred starben im Jahre 1913. Wera starb zwei Jahre später, am 6. Oktober 1915. Den Tod ihrer vier Kinder verkraftete die Mutter nicht. sie verstarb kurz danach. Waldemar heiratete erneut. Gemäß den damaligen Sitten wurde der Name des toten Kindes „Wera" an das nächste Kind, gleichen Geschlechts weitergegeben. Das war dann ich", lächelte die nun alt gewordene Wera. „Die bösen Geister verfolgten unsere Familie, wenn auch der Wohlstand groß war", sagte Wera. Offensichtlich brauchte unsere Familie noch etwas anderes, pflegte meine Mutter zu sagen. Am 1. Mai verstarb dann unser Vater an einer Hirnhautentzündung. Meine Mutter hatte es bereits geahnt. Verängstigt von der Verantwortung für die Kinder aus Waldemars erster Ehe und ihrer eigenen, betete sie für den Tod der Kinder. Es sollte nicht sein. Wir alle überlebten." Tante Wera schaute ihre Nichte traurig an. „Vielleicht wäre es besser gewesen, wenn ich als Kind gestorben wäre."

„Wie meine Mutter es geahnt hatte, kamen schwere Zeiten auf uns zu. In Russland brach die Revolution aus. Danach kam Stalins Regime. Es brachte den Menschen Hunger, dem Land brachte es Verwüstung. In dieser schweren Zeit entschied sich meine Schwester Erna, die erstgeborene meines Vaters, zu heiraten. Ihr Zukünftiger, Nikolaus Rieker, lebte in Anderburg. Beide kannten sich. Eines Tages machte Nikolaus unserer Erna einen Heiratsantrag. Für uns alle kam es unerwartet. sie schien es zu ahnen und nahm seinen Antrag sofort an. Einander Seite an Seite zu haben, in solchen schweren Zeiten, war für die beiden lebenswichtig. Ich kann mich gut an die beiden erinnern", Wera schaute ihre Nichte an. „Weißt du, Liebes, manche Dinge aus meiner Kindheit sind in meinem Gedächtnis sehr gut erhalten geblieben. sie werden mich bis zu meinem Tod begleiten. Die zwei heirateten in Anderburg. Nikolaus Rieker kam aus einer kinderreichen Familie, die sehr viel Leid ertragen musste. Insgesamt hatten Nikolaus Eltern 15 Kinder. Nach und nach mussten sie zusehen, wie fast alle Kinder verstarben, sei es aus Hunger, Krankheit oder sonst einem Grunde. Wie eine Mutter den Tod von so vielen Kindern verkraften kann, das ist für mich heute unvorstellbar." In unserer Zeit ist das unrealistisch, dachte sich Lidia. „Waren denn da keine Ärzte", fragte sie nach. „Doch, aber die deutschen Ärzte saßen im Gefängnis oder wurden ermordet. Russische Ärzte gab es in Dörfern, in denen die deutsche Bevölkerung überwog, eher sehr selten." Lidia hörte ihrer Tante aufmerksam zu. Nach kurzem Schweigen fuhr Wera mit ihrer Erzählung fort. „Erna mochte unseren Vater sehr. sie nannte deswegen ihren erstgeborenen Sohn Waldemar. Der kleine Waldemar wurde am 29. September des Jahres 1926 geboren. Damals waren wir schon enteignet worden. Wie alle Deutschen im russischen Gebiet waren wir bettelarm. Meine Schwester Erna war damals erst 20 Jahre alt. In dieser schlimmen Zeit, wo jeder Tag ungewiss war, bekamen meine Schwester Erna und Nikolaus sieben Kinder." „Warum das", Lidia staunte. „Zur dieser Zeit gab es keine Verhütungsmittel", lächelte Wera. „Nach Waldemar kamen dann sechs weitere Kinder. Einige von ihnen starben in der Heimat, die anderen dann in Kasachstan, wohin wir zu Beginn des Krieges, ins Exil verschleppt worden waren. Ich kann mich erinnern, dass darunter auch ein kleines Mädchen Namens Anna war", Wera rieb sich nachdenklich die Stirn, „sie müsste im Jahre 1932 geboren worden sein, verstarb aber noch als Kind. Es kam das Jahr 1933. Im Frühjahr bestrafte Gott unsere Familie erneut. Unsere Oma Steininger starb. sie hatte die Zeiten des Wohlstands erlebt, ebenso wie die der

Enteignung und ihrer grausamen Konsequenzen. sie lebte damals im Dorf Wasiljevka", erzählte Wera weiter. „sie wollte nicht in der Fremde sterben." „Ist das denn von Bedeutung?", fragte Lidia. „Für meine Großmutter war das sehr wichtig. sie wollte dort sterben und begraben werden, wo auch ihre Eltern begraben worden sind." Lidia schwieg. „Die Enteignung war immer noch im Gange, Vermögen hatten wir keines mehr, wir waren ständig am Hungern", erklärte Wera. „So kam es dann schließlich, dass unsere Oma, einst eine reiche Frau, nicht einmal einen Sarg bekam, als wir sie in der Fremde begruben. Wir hatten sie in unterschiedliche Stoffe eingewickelt, in alles, was wir bei der Hand hatten." Wera lag sichtbar gerührt auf ihrem Bett, „auch nach so vielen Jahren tut mir das noch weh. Was Stalin uns angetan hat, werde ich niemals vergessen. Die kleine Anna, die anstelle ihrer Schwester geboren wurde, hatte ihre Uroma niemals kennengelernt."

„Am 15. Juni 1926 waren wir noch in Hochstädt. Hier wurde meine Schwester Pauline geboren. Am 2. Mai des Jahres 1928 starb mein Bruder Artur, der Sohn Waldemars aus erster Ehe. Wie unser Vater hatte auch er eine Hirnhautentzündung. In nur drei Tagen hatte ihn die Krankheit dahingerafft. Oma Steininger bekam das noch mit, doch sie trauerte nicht, denn er sollte es im Himmel besser haben."

Weras Gedanken sprangen unerwartet zu ihrer Schwester Erna. „Erna überlebte ihren Bruder Artur trotz schlechter Lebensverhältnisse, denn ihr und ihrem Mann ging es sehr schlecht. Die Armut war sehr groß. sie arbeiteten beide im Kollektiv. Sonst gab es nirgends Arbeit. Dann kam das Jahr 1938. Erneut traf Familie Rieker ein schwerer Schicksalsschlag. Die Enteignung war abgeschlossen, und der russische Staat fing mit der „Säuberung" an. Intellektuelle und Andersdenkende wurden ins Arbeitslager oder ins Gefängnis geworfen. Einzelnen gelang es, der „Säuberung" zu entkommen, beispielsweise durch Flucht. Ernas Mann, Nikolaus, hatte es leider nicht geschafft. In der unglückseligen Nacht war er zu Hause. Unerwartet klopfte es an der Tür. Nikolaus öffnete." „sie kommen mit", sagte einer der Männer. „Erna fing an zu weinen. Die Milizen kannten keine Gnade. Mit vielen anderen Deutschen aus unserer Stadt wurde er in der Nacht weggebracht. Hätte er gewusst, dass es in der Nacht passieren würde, wäre er nicht zu Hause geblieben. Nikolaus wurde vorgeworfen, etwas vor vielen Jahren verübt zu haben. Er wusste davon nichts. Nur über Hörensagen erfuhren wir, dass er nach Swerdlowsk, ein Arbeitslager im Wald, gebracht worden ist. Die dorthin Verschleppten mussten wie Sklaven arbeiten, um ihre Tagesnorm zu erfüllen. Da die Tagesnorm groß war, kam es oft zu Essensrationierungen für die Verschleppten." Wera fing wieder an zu weinen.

„Natürlich ließen die Kräfte von Nikolaus nach. Später erfuhren wir von anderen Verschleppten, dass er im März 1939 dem Hungertod erlegen ist. Für die Angehörigen gab es keine offizielle Benachrichtig über seinen Tod. Ebenso erging es anderen Angehörigen von Verschleppten. Stalin führte seine „Säuberung" gründlich aus. Uns alle hatte Nikolaus Tod schwer getroffen. Erna und den Kindern würde es nach seinem Tod noch einmal schlechter gehen. Manchmal habe ich damals gedacht, dass alles und jeder auf der Welt, selbst die Natur, gegen uns ist", sagte Wera.

„Noch im Herbst des Jahres 1933 geschah etwas Unerwartetes. Das Schicksal wollte es, dass meine Schwester Lene heiratete. Ein Mann namens Friedrich Schill suchte uns auf, mit einem seiner Mitarbeiter. Der Name des Mitarbeiters war Theophil Rhode. Mir ist noch im Gedächtnis geblieben, dass er Alkohol und Witze mochte und dass die beiden selbst gebrannten Schnaps mitgebracht hatten, denn meine Familie hatte keinen Alkohol zu Hause. Nach ein paar Gläschen vom Selbstgebrannten machte Schill unserer Lene einen Heiratsantrag. In Anwesenheit meiner Mutter und mir baute er sich vor Lene auf und bat sie, seine Frau zu werden. Lene errötete. Mal schaute sie zu mir herüber, mal zu unserer Mutter. sie sah sehr verzweifelt aus. Uns allen war bekannt, dass Schill Witwer ist. Er hatte zu Hause drei Söhne,

Harri, Paul und Rudolf. Schills Probleme fingen an, als seine Frau bei der Geburt ihrer Tochter starb, mit ihr auch ihre Tochter, Klothilde. Friedrich Schill lebte seit zwei Jahren ohne seine Frau und seine Kinder ohne ihre Mutter. Der kleinste, Rudi, war keine drei Jahre alt. Schill gelang es nicht, für die Kinder einen ordentlichen Haushalt zu führen. Er entschied sich deswegen zu heiraten. Lene schwieg. Meine Mutter hatte ihr angeboten, zu ihm zu fahren um nachzuschauen, wie bei ihm die Lage ist. Wir hatten zwar Verwandte in Hochstädt, Friedrich aber kannten wir nicht. Lene hatte sich in der Zwischenzeit wieder gefangen. sie lehnte das Angebot unserer Mutter ab." „Ich fahre selbst hin, um mir die Kinder anzuschauen", erwiderte sie. „Lene hatte Kinder immer sehr gerne gehabt."

„Sie und unsere Mutter fuhren schließlich zu ihm nach Hochstädt. Dort hatte man sie bereits erwartet. Auch die Kinder hatte man vorbereitet. Als Lene den Hof betrat, liefen die Kinder zu ihr." „Papa, ist das unsere Mama?", fragten sie. „Das war genug. Lenes Herz schmolz wie das Wachs einer Kerze. sie war gerade 24 Jahre alt, ihr zukünftiger Mann neun Jahre älter. Lene hatte ihre Entscheidung getroffen. Für sie war es Liebe, wenn auch ohne romantische Spaziergänge oder Blumen."

„Zu dieser Zeit war ich in Prischib bei einer Frau, die ich Tante Rosa nannte. Ich pflegte sie, obwohl ich selbst kaum 18 Jahre alt war. Ich tat es, damit meine Familie und ich überleben konnten. Der Staat nahm uns alles weg, wir waren bettelarm. Tante Rosa war früher sehr reich gewesen, sie hatte ein großes Haus, aber eine schlechte Verpflegung. Sie bekam von ihren Verwandten in Deutschland regelmäßig Geld zugesandt, wofür man auch Lebensmittel im ansässigen Laden kaufen konnte. Den Laden nannte man Torgsin. Ich kaufte regelmäßig Milch, Brot dagegen war Mangelware. Es war eine sehr schwere Zeit für mich. Tante Rosa hatte weit von Prischib einen Onkel, den wir Onkel Meier nannten. Seine Geldgier hat mir später viel Kummer gemacht. Sonntags habe ich Tante Rosa zur Kirche geführt. Ich las ihr oft etwas aus ihren Büchern vor, von denen sie eine Menge hatte. Sie war blind geboren worden und freute sich, wenn ich ihr etwas vorlas. Nach einer Weile bekam auch sie kein Geld mehr aus Deutschland zugesandt. Ich kenne den Grund dafür nicht, glaube aber, dass jegliche Kontakte mit dem Westen politisch unterbunden worden sind, und so kam auch das Geld bei Tante Rosa nicht mehr an. Das Leben ging so nicht mehr weiter, und ich suchte mir eine Arbeit bei zwei alten Menschen. Die Frau des Alten war sehr brummig. Damals hatte ich genug Geduld und konnte sie ertragen. Tante Rosa schenkte mir am Ende ein Gebetbuch mit Andachten, für den Morgen und Abend, über das ich mich sehr freute. sie sagte, „Wera, das ist dein Pilgerstab, er soll dich

27

immer begleiten." Das Buch war von Spengler und für mich ein sehr teures Buch. sie schenkte mir auch einen kleinen runden Tisch. Außerdem gab sie mir noch weitere Sachen, die ich für sie aufbewahren sollte. Darunter einiges an Möbeln. Ich tat, was sie wollte und brachte die Sachen zu ihren Bekannten. Natürlich bereitete mir das sehr viel Mühe."

„Eines Tages bekam ich einen Brief von meiner Schwester Lene. Ich öffnete ihn. Darin war ein Blatt Papier, das auf der einen Seite sie und auf der anderen Seite ihr Mann, Friedrich, beschrieben hatten. Wir nannten ihn Fritz, Lene nannte ihn Fedja, damit der Name unter der Bevölkerung russisch klingt. Sie wollte, dass er unter der russischen Bevölkerung nicht auffällt. Deutsche wurden ja verfolgt. In dem Brief stand, dass ich unbedingt am Samstag oder Sonntag nach Hochstädt zu ihrer Hochzeit kommen soll. Sie war sehr glücklich und wollte ihre Freude mit uns teilen. Also ging ich zu Fuß, ganze 18 Kilometer, nach Hochstädt. Gegenüber von ihrem Haus stand die Kirche. Ich war das Brautmadl, Brautdiener war Ernst Ulrich, den ich auch kannte. Es war der 13. Oktober. Ein Pastor mit dem Namen Deutschmann, traute sie. Damals gab es trotz Verfolgung noch einige Pastoren. Nach der Trauung haben wir gegessen. Auch der Pastor und seine Frau waren dabei. Es lief keine Musik, denn der Pastor hatte darum gebeten, beim Essen keine Musik zu spielen. Danach erklang schöne Streichmusik. Friedrich hatte zwei Schwestern, Tina und Hilde, und einen Bruder, der Otto hieß."

„Meine Schwester Lene, meine Mutter und ich hatten zu dieser Zeit viel Arbeit, doch wir freuten uns, weil wir nicht hungern mussten. Lene war Schneiderin, sie konnte sehr gut nähen. Ich arbeitete mit Mutter in der Küche, im Stall und im Garten. Fedja oder Friedrich war Buchhalter und ein stolzer Mann. Er war streng zu Kindern, hatte sie aber auch sehr verwöhnt. Mit seinen Geschwistern war er nicht im Reinen. Sie alle waren sich untereinander uneinig. Im Gegensatz zu uns war er vermögend. Auch einen Bauernhof hatte er gehabt. Schon bald wurde Lene Mutter und bekam eine Tochter. Am 22. Oktober des Jahres 1934 kam die kleine Lene zur Welt. Danach folgte 1936 eine weitere Tochter, die als Kind verstarb. 1938 kam dann Elli, wieder ein Mädchen. Unsere kleine Elli lernte ihren Vater leider niemals kennen. Im Herbst 1937, ein paar Monate vor der Geburt des Kindes, traf erneut ein schwerer Schicksalsschlag die Familie. Friedrich wurde in der Nacht mit vielen anderen deutschen Männern abgeholt. Er kam nicht mehr zurück. Bis heute wissen wir nicht, wohin er verschleppt worden ist. Der Staat sorgte sich um die Lebenden nicht und schon gar nicht um die Toten", fügte Wera verbittert hinzu. „Das Schicksal bestrafte die kleine Elli, denn es nahm ihr den Vater, bevor sie geboren wurde. Lene blieb alleine zu Hause, mit den drei Kindern aus Fedjas erster Ehe und den drei Kindern aus ihrer eignen Ehe. Also wurden Elli und ihre Geschwister ohne Vater groß."

„Nach einiger Zeit sagte man mir, dass ein Bekannter von Tante Rosa, Otto Meier, die Sachen, die ich von Tante Rosa zu ihren Bekannten gebracht hatte, abholen wollte. Ihre Bekannten hatten Otto Meier aber berichtet, ich selbst hätte die Möbel bereits abgeholt. Ich selbst war nie wieder dort gewesen, nachdem ich die Sachen dorthin gebracht hatte. Ich war traurig darüber, dass man mich des Stehlens bezichtigt hatte, auch wenn ich mir nichts vorzuwerfen hatte. Tante Rosa starb mit dem Gedanken daran. Das hatte bei mir die größte Kränkung verursacht."

„Kannst du mir noch etwas zur Enteignung erzählen", Lidia wollte das Gespräch in eine andere Richtung lenken. „Ich war damals noch klein. Die Enteignung traf vor allem meine Halbbrüder, Vaters Söhne aus erster Ehe, Eduard und Alfred. Ihnen wurde alles zugunsten des Kollektivs weggenommen. Wir hatten zu dieser Zeit zwei Pferde, einen Hengst, den wir Mayor nannten, und einen Wallach, den wir Maltschik nannten. Dazu kam eine Kuh, ein Wagen, ein Pflug, eine Egge und so weiter. Wir hatten Land und ein schönes großes Querhaus, das mitten im Dorf stand. Auf einen Schlag war das alles weg, und uns blieb der Hunger. Schräg gegenüber stand das Schulhaus mit einer Glocke, wo ich auch zur Schule gegangen bin. Zu Weinachten gab es Geschenke. Einmal bekam ich ein Kleid von meiner Schwester Lene. Sie hatte es selbst genäht. Von meiner Mutter, noch mehr aber von meiner Großmutter, bekam ich viel geistliche Führung in Form von verschiedenen Sprüchen, Gebeten und Liedern auf meinem Lebensweg. An ein Lied kann ich mich dabei besonders erinnern. Meine Mutter sang es mir oft vor. Ich saß dann neben ihr und lauschte ihr weinend."

„Später, aber das wussten wir damals noch nicht, würde es meine Mutter schwer treffen. Man würde sie als Kulak bezeichnen, sie stimmlos machen und danach in ein Gefängnis bringen, wo sie mehrere Wochen bei ständigem Verhör verbringen sollte. Es handelte sich dabei um das Gefängnis von Hochstädt, etwa 18 Kilometer von Grün Tal. Natürlich war es ein harter Schlag für die Familie. Ich besuchte sie einige Male und brachte ihr etwas zu essen. Dieses Mal war Gott gnädig zu ihr und zu unserer Familie. Sie kam frei. Als sie durch die Gefängnistür ging, drehte sie sich um." „Wofür hat man mich eingesperrt", fragte sie den Wärter, der sie nach draußen begleitete. Er antwortete knapp, „du fragst wofür, geh zu deiner Familie und schau nicht zurück." „Zu Hause erzählte

Mutter den Nachbarn, wo sie gewesen ist. Diese gaben ihr den Rat wegzuziehen, um nicht erneut der Willkür des Staates zum Opfer zu fallen. Daraufhin versteckte sich Mutter mit Lene, meinen Brüdern und mir bei der Familie Schmiedgals. Die Familie hatte einen großen Garten, in dem wir Schutz fanden. Familie Schmiedgal hatte Glück, denn nach ihnen wurde nicht gesucht. Eines Tages, die Dunkelheit war schon hereingebrochen, wollten mein Bruder Eduard und meine Schwester Lene auch unsere im Dorf verbliebene Kuh nachholen. Leider wurden sie von einem Komsomolzen, einem Polizisten, entdeckt und mussten die Kuh im Dorf lassen. Ihre und unsere Enttäuschung war groß. Wir alle waren am Verhungern. Stalins Regime nahm den Menschen alles weg und ließ sie verhungern. Niemand bekam etwas zurück."

„Lene war Schneiderin, doch das Leben wurde immer schwerer. Ich, die jüngste in der Familie, lebte mit meiner Oma in einer kleinen Stube in unserem Haus, das nun dem Staat gehörte. Ich besuchte damals die 6. Klasse und musste sehr viel im Kollektiv arbeiten. Allein während der Sommerferien hatte ich für meine Familie 60 Tageslöhne verdient. Man zwang uns, von dem Geld Obligationsscheine, eine Art Lotteriescheine, vom Staat zu kaufen. Dafür musste ich den Kaufvertrag unterschreiben. Wir hatten Glück, denn unser Schein gewann 100 Rubel.

Daneben hatten zwei weitere Scheine Glück gehabt und jeweils 200 Rubel gewonnen. Das war sehr viel Geld für uns, über das wir uns alle gefreut hatten. Doch dann kam das Schlimmste. Allen, die im Kollektiv arbeiteten, wurden ihre Obligationsscheine abgenommen. Unseren Obligationsschein haben wir nie wieder gesehen. Ebenso wenig das Geld. Ich habe später versucht, mit meiner kindlichen Haltung auf die Komsomolzen einzureden, natürlich ohne Erfolg. Die zwei anderen, deren Scheine gewonnen haben, bekamen später einige Lebensmittel. Ich aber, die 60 Arbeitstage für das Kollektiv geleistet hatte, bekam dafür weder Geld noch Lebensmittel. Korruption war gegenwärtig." In Weras Augen standen erneut Tränen. Auch nach mehreren Jahrzehnten waren die Wunden, die ihr die Enteignung und der Überlebenskampf danach beigebracht hatten, nicht verheilt. „Wie schrecklich waren diese Zeiten", Wera holte tief Luft. Dann glätteten sich ihre Gesichtsfältchen erneut und ihre Augen leuchteten. Sie erinnerte sich an ein Lied aus der Zeit, als sie 12 Jahre alt war. „Es war an einem Schülerabend, ich sang, und einer unserer Lehrer begleitete mein Singen auf dem Klavier. Es war ein altes Heimatlied.

Traute Heimat, meine Liebe

Ich sinne still an dich zurück.

Mir wird wohl und den noch trüben Sehnsuchtstränen meinem Blick.

Was mich dort als Kind erfreute, kommt mir heute lebhaft vor.

Das bekannte Dorfgebäude sehe ich heute, wie zuvor.

Auch des Nachts in meinen Träumen, ruder ich der Heimat zu

Pflücke Äpfel, von den Bäumen, esse sie in stiller Ruh.

Traute Heimat meiner Väter, du wirst einst ein Friedhof sein.

Ob nun früher oder später, wird mein Ruheort dort sein.

Dieses Lied sang ich oft, es gefiel mir. Oft saß ich an die Hauswand gelehnt, auf unserer Bank, und begleitete mein Singen mit dem Klang meiner Gitarre. Ich hatte den Wunsch, Musiklehrerin zu werden. Ich versuchte es sogar tatsächlich, stellte mich an der musikalisch-technischen Hochschule in Dnipropetrowsk vor und bestand die Zulassungsprüfung. Zwei Monate, nachdem ich mich eingeschrieben hatte, verlangte man meinen Ausweis. Ich hatte jedoch keinen und musste deswegen die

Hochschule verlassen und nach Hause fahren. Für mich war damals alles vorbei. Man hatte mir damals gesagt, dass meine soziale Lage es nicht erlauben würde, den Beruf einer Lehrerin zu erlernen. Der russische Staat nutzte alle Mittel, um die deutsche Bevölkerungsgruppe zu quälen und zu unterdrücken. Für mich war das alles unverständlich. Wir waren doch alle gleich; so hatte man es uns in der Schule beigebracht. Meine Mutter sagte, dass ich es gut sein lassen sein sollte." Wera schwieg sehr lange. Danach fragte Lidia sie: „Wie ging es euren Brüdern?" Wera begann erneut. „Oft, wenn ich an meine Brüder denke, kommen mir die Tränen. Die zwei Jungs waren begabt, wenn auch sehr unterschiedlich im Charakter. Eduard war blond, immer fröhlich und ein sehr aufgeweckter Junge. Er mochte singen, Scherze machen und brachte seinen Bruder Alfred ständig zur Weißglut. Alfred hatte lockiges Haar, blieb stets ruhig und war beliebt bei Frauen. Beide waren tüchtig, was das Lernen anging und hatten eine musikalische Begabung. Die Musik lag ihnen im Blut. Wegen der Unterschiedlichkeit der Charaktere kam es oft zum Streit. Leider teilten auch sie das Schicksal so vieler anderer Deutscher. Niemand hatte es kommen sehen. Eines Tages kam beiden die Idee, nach Deutschland zu fliehen. Natürlich war es schon damals unmöglich. Trotzdem haben es die beiden versucht. Ohne eine Vorbereitung machten sie sich auf den Weg. Die Milizen, die jemand eingeweiht hatte, lauerten ihnen in einem Versteck auf. Meine Brüder wurden festgenommen und kamen vor Gericht. Das Gericht sprach sie schuldig und beide wurden jeweils zu 10 Jahren Haft verurteilt. Alfred gelang mittels eines bekannten Wärters die Flucht. Nach dem Ausbruch fand er eine Anstellung als Buchhalter, als ihm erneut das Schicksal begegnete. Ihm wurden seine Papiere gestohlen, was damals nicht unüblich war, denn die Menschen waren hungrig und bereit zu stehlen, um zu überleben. Die Papiere, die Alfred sich damals besorgt hatte, lauteten auf den Namen Smolin Wassili Prokofjewitsch. Alfred hatte von jemandem erfahren, dass auch Eduard in Freiheit ist, und da Blut dicker als Wasser ist, machte er sich auf die Suche nach ihm. Es war das Jahr 1935. Wie wir später erfahren konnten, befand sich Eduard zu jener Zeit in einer sehr schwierigen Lage. Ihm gelang, wie seinem Bruder auch, die Flucht. Allerdings machte er sich auf den Weg in den Kaukasus, weit weg von unserem Heimatdorf. Damals waren viele Deutsche aus allen möglichen Gebieten der Sowjetunion auf der Flucht vor dem Staat. Man nahm sie auf, doch überprüfte sie auch gleichzeitig. Stellte sich heraus, dass sie Kulaken waren, wurden sie verhaftet. Mein Bruder Eduard hatte eine Anstellung als Lehrer in der Hauptschule eines deutschen Dorfs, das Sonnental, gefunden. Da er gute Leistungen brachte, bat man ihn, das Amt des Direktors zu übernehmen. Er lehnte ab, wohl wissend um seine eigene Lage, denn er wusste, er wurde verfolgt. Erneut floh er nach Kasachstan. Dort fand er wieder eine Anstellung als Lehrer und begegnete seiner Lebensgefährtin. Nadja war eine nette und liebevolle Frau, die in der gleichen Schule unterrichtete. Sie war Russin. Die beiden lebten in der Nähe von Karaganda, Temirtau. Eduard war in dieser Schule der einzige Deutsche, der unterrichtete. Eines Morgens, als er zur Schule kam, war das Porträt Stalins im Flur verschmiert und zerrissen. Lehrer und Schüler standen erschrocken davor. Das Zerstören des Porträts galt als Frevel, der geahndet und bestraft wurde. Natürlich wusste das auch Eduard. Der Verdacht fiel auf ihn." In Weras Augen standen Tränen. „Man holte ihn erneut ab, und er landete im Gefängnis. Seine Frau zog dort weg. Für sie war es ebenfalls gefährlich geworden. Sie kam zu uns nach Hochstädt und brachte alles mit. Mutter und Nadja weinten zusammen. Helfen konnte uns niemand. 1939 hat man Eduard dann nach Moskau gebracht. Über einen Freund schrieb er an Nadja, dass er noch Hoffnung habe, nach Hause zurückzukehren, wenn auch keine große. Ich glaube, er wollte uns damit nur trösten. Weder wir noch Alfred, haben Eduard je wiedergesehen. Meinem Bruder Alfred hat das bis zu seinem Tode keine Ruhe gelassen. Jedes Mal, wenn Mutter an Eduard oder Alfred dachte, weinte sie. Sie weinte lautlos, nur die Tränen rollten, scheinbar ohne ein Ende zu finden, an ihren Wangen herunter. Sie ließ sie laufen und wischte sie nicht ab. Wir haben später erfahren, dass Alfred auf der Suche nach Eduard in den Kaukasus gefahren ist, um Eduards alte Schule aufzusuchen. Niemand konnte ihm weiterhelfen. Stattdessen erkannte man ihn als den Bruder und klagte ihn an. Das Urteil wegen der Verwendung eines gefälschten Passes lautete drei Jahre Zwangsarbeit. Er hatte Glück im Unglück, denn man ließ ihn in Kaukasus, im Bezirk Schamorski. Dort war er in der Unterkunft einer Witwe untergebracht, die ihn aufgenommen hatte. Getrude hatte einen Sohn und war viel älter als Alfred. Alfred, der schon immer kränklich war, hatte sich in Gertrude verliebt und blieb bei ihr. Beide bekamen im Jahre 1938 eine Tochter, Ilse. Sein Glück währte nicht lange. Im Jahre 1941, der Krieg war im Gange, verschleppte man ihn nach Kasachstan, auf die Station Kaluton. Wegen seiner Krankheit wurde Alfred nicht in die Arbeitsarmee aufgenommen. Er verstarb kurz danach. Gertrude hatte mehr Glück. Sie erreichte ein hohes Alter und starb dann in der Stadt Alma-Ata in Kasachstan im Kreise ihrer Kinder. Damit waren nur noch Lene und ich von den Geschwistern am Leben."

„Was ist mit der Familie Schmiedgal passiert?" Lidia war neugierig. „Von ihnen kann ich dir nicht viel erzählen. Sie sind früh gestorben." Wir haben irgendwann nicht mehr bei ihnen gewohnt, sondern bei der Familie Steininger. Ich war die jüngste, Oma Christine die Älteste unter uns. Christine, eine geborene Glöckner, war die Frau von Opa Schmiedgal. Sie starb. Ihre zwei Kinder blieben zurück. Ein Sohn, Eugen, sowie eine Tochter, Klara. Opa Schmiedgal heiratete nach dem Tod von Oma Christine zum zweiten Mal. Ihr Name war Frau Ulmann. Sie kam aus Prischib. Sie war die Mutter meiner Mutter und damit meine Oma. Beide bekamen eine Tochter. Eugen, der einzige Sohn Opa Schmiedgals, starb als junger Mensch an einer Lungenkrankheit. Seine Schwester Klara wanderte nach Deutschland aus. Sie heiratete Alexander Moos und hatte mit ihm zwei Kinder. Beide leben in Deutschland." Wera hatte erneut Tränen in den Augen.

„Wir dagegen mussten unsere Heimat verlassen." Lidia dachte für sich über die Bedeutung des Wortes Heimat nach, denn es schien Wera offenbar viel zu bedeuten. „Unser vertrautes Grüntal, mussten wir verlassen, um dann nach Kasachstan ins Exil verschleppt zu werden. Das Leiden, das auf uns zukam, war unerträglich. Jahrelang mussten wir ums Überleben kämpfen. Schwere tägliche Arbeit für ein Stück Brot. Oftmals Hunger. Wir selbst hätten nie daran geglaubt, am Ende doch noch am Leben zu sein." Überwältigt von den Gefühlen, brach es aus Lidia heraus. „Von wegen traute Heimat. Ein Land, das einen Teil seiner Bevölkerung verfolgt, misshandelt, ermordet und wegschließt, ja gar verhungern lässt, wie lässt sich ein solcher Ort nur traute Heimat nennen? Das ist keine Heimat, das ist ein Exil, wo das Regime Menschen schlimmer als Sklaven behandelt. Es tut mit ihnen, was es will." Tränen standen in Lidias Gesicht. „Ich war ja noch ein Kind, gab Tante Wera zu, da neigt man dazu, sich die guten Dinge einzuprägen. Sie helfen einem zu überleben und weiterzumachen. Auch hatte ich immer großes Gottvertrauen und den Glauben, dass es für alles am Ende eine Ordnung gibt." Wera hatte als eine der wenigen die schlimmsten Ereignisse überlebt, dachte Lidia, Enteignung, „Säuberung" und den Krieg.

Um ein neues, glücklicheres Gesprächsthema einzuleiten, fragte Lidia nach Weras Hochzeit. Lidia konnte sehen, wie Wera sich erinnerte und dabei lächelte. „Ich war mit Otto Sprengler verheiratet, den ich sehr liebte und wahrscheinlich noch heute lieben würde." Wera fiel es nicht leicht zu erzählen, denn sie hatte ihn verloren. „Wie hast du ihn verloren?" Wera wischte die Tränen weg. „Wir hatten eine sehr schöne gemeinsame Zeit, wenn das Leben auch sonst schwer war. Leider war diese Zeit nur kurz. Wir konnten unsere Liebe nicht auskosten. Mein Mann, Otto, hatte noch seine Mutter, Emma Sprengler, geborene Freiburger, sowie eine Schwester Sina. Ich kann mich noch daran erinnern, dass Sina den Vater von Alexander Sprengler aus Althasen geheiratet hatte, der kurz nach der Heirat verstorben ist. Sina blieb mit vier Kindern zurück. Gottlieb war der Ältere, danach kam Emma, die an einer körperlichen Behinderung litt, danach Otto und dann Sina. Zwei von ihnen, Gottlieb und Emma, starben als Kinder. Otto starb im Exil im Januar 1942. Sina, die Jüngste der vier Kinder, überlebte. Damals, im Jahre 1939 loderte in Europa der Krieg, und die Welt schien in Flammen aufzugehen. In der Sowjetunion konnten wir uns von der durchgestandenen Enteignung ein wenig erholen und mussten zumindest keinen Hunger leiden. Danach kam das Jahr 1939. Für Otto und mich war es ein unglückliches Jahr. Wir trennten uns. Unsere Liebe ging auf dem Weg verloren und wir trennten uns, ohne einander Vorwürfe zu machen. Ich habe es zunächst nicht verstanden, ebenso wenig wie meine Mutter oder Lene. Aber der Kampf ums Überleben ließ scheinbar keinen Platz für Emotionen und Gefühle. Meine Mutter schien sehr mutig damals, denn sie sagte mir, dass eine Trennung auch eine Trennung für immer bedeuten müsste. In dieser Zeit, wo ein Mann das Überleben einer Frau sichern konnte und man es zu zweit halb so schwer hatte, erschienen mir die Worte meiner Mutter hart. Ich war mir aber auch selbst zu stolz und hatte meiner Mutter damals geantwortet, dass ich keinen Mann bitten würde, mit mir zusammen zu sein, möge er noch so gut oder schön sein." Lidia verstand den Grund für die Trennung nicht: „Was war passiert?" Wera holte tief Luft. „Otto hatte sich einer anderen Frau zugewandt. Er hat in Höchstädt gearbeitet und besuchte dort oft auch seine Mutter. Gegenüber von seiner Mutter lebte seine Schwägerin, Sara Springer, die Frau seines Bruders Gottlieb, mit ihren beiden Kindern. Gottlieb war verstorben. Otto erzählte mir von ihr, denn er besuchte sie immer, wenn er bei seiner Mutter war. Er und Sina hatten sich gut verstanden. Weil es seine Schwägerin war, schöpfte ich zunächst keinen Verdacht. Ich war naiv." Lidia wollte ihre Tante trösten: „Heutzutage passiert so etwas laufend." „So lief es dann einige Tage und Wochen, denn ich hatte viel Geduld und hoffte, dass am Ende alles ins Reine kommt. Beim gemeinsamen Mittagessen sprachen wir nicht. Eines Tages stand er vom Mittagessen auf und verabschiedete sich mit Tränen in den Augen von mir und unserem Sohn, Artur. In diesem Moment war für mich alles erst einmal vorbei. Ein Besuch bei seiner Mutter in Hochstädt brachte weitere Gewissheit. Seine Mutter mischte sich ein. Sie verwies mich darauf, dass sie bei unserer Hochzeit nicht gefragt worden wäre und sich deswegen auch nicht in die Trennung einmischen werde. Otto und ich hatten damals bescheiden geheiratet. Es gab keine Feierlichkeiten, nur ein gemeinsames Abendbrot, das meine Schwester Lene zubereitet hatte. Die Armut störte uns nicht, wir waren verliebt. Das war genug." Wera schwieg, aber auf ihrem Gesicht tauchte ein Lächeln auf. „Nach dem Besuch bei Ottos Mutter fuhren Artur und ich zu meiner Mutter, der ich von der Trennung erzählte. Meine Mutter schwieg lange, nur ihre Hände zitterten fein. sie konnte es nicht glauben, sagte aber etwas Ähnliches wie meine Schwiegermutter. Sie würde sich nicht einmischen. Um mich und unseren Sohn zu ernähren, ging ich erneut im Kollektiv arbeiten. Ich war Melkerin. Otto war in der Zwischenzeit zu seiner Mutter und Schwester gezogen. Diese hatten sich gefreut, denn sie bekamen nun mehr Unterstützung, und das Überleben wurde einfacher. So ging es dann eine Zeitlang weiter, bis Otto anfing, nach der Arbeit auf mich zu warten. Er begleitete mich bis zu unserem Haus, im Geheimen, sodass meine Mutter nichts erfahren konnte. Er hatte gemerkt, dass er ohne mich nicht leben konnte. So verging der Winter, und es kam der Frühling 1940. Erneut klopfte das das Unglück an unsere Haustür. Meine Schwester Erna arbeitete auf dem Feld, als plötzlich ein Gewitter losbrach. Weit und breit gab es keinen Schutz. Erna starb sofort. Meine Mutter blieb mit Ernas sechs Kindern zurück. Um meiner Mutter eine Hilfe zu sein, zog ich zu ihr und Ernas verbliebenen Kindern. Davor lebte ich bei Lene. Da wir alle sehr arm waren, wie die meisten Deutschen in der Sowjetunion zu dieser Zeit, zogen wir in eine Art Erdhütte. Damals wurden

Erdhütten als Häuser von denjenigen genutzt, die keine andere Möglichkeit hatten. Ernas jüngstes Kind war ein Mädchen, kaum drei Jahre alt, das älteste, ein Sohn, keine 15. Wir hatten es sehr schwer, die Kinder durchzubringen. Oft litten wir Hunger. Mich beeindruckte damals das Gottvertrauen meiner Mutter. Sie hatte immer an einen guten Ausgang geglaubt."

„Kurz darauf verliebte sich Ottos Schwester Sina und heiratete wenig später. Wenn er auch nicht vermögend war, so freuten wir uns für Sina und hießen den Mann auch in unserem Zuhause willkommen. Der Mann kam aus der Ferne und wohnte bei Familie Gierich. Nun da Sina einen Mann geheiratet hatte, der sie und ihre Mutter unterstützen konnte, war Otto frei, und wir kamen wieder zusammen. Zwischen meiner Mutter und Otto kam es danach immer wieder zu Spannungen. Doch das Leben ließ keine Zeit für persönliche Konflikte, und unser Glück dauerte erneut nicht lange. Eines Tages wurde Otto von der Leitung des Kollektivs dazu beauftragt, ein Rennpferd, das an einem Rennen teilnehmen sollte, in die Stadt zu bringen. Otto sollte das Tier pflegen. Er fuhr im Herbst 1940 mit dem Pferd nach Kiew. Es gefiel ihm dort, doch er sehnte sich nach Zuhause und schrieb mir viele liebevolle Briefe. Er bat mich ihn zu besuchen, doch die Leitung des Kollektivs hatte es mir nicht erlaubt. Ich war verbittert. Eines Tages gelang es mir dann doch, ein Gesuch zu erwirken, und ich bekam die Erlaubnis, für eine Woche hinzufahren. Ich verabschiedete mich von meiner Familie und machte mich auf den Weg mit dem Zug nach Kiew. Otto und sein Freund Daniel holten mich vom Bahnhof ab. Es waren nur wenige Tage, in denen wir aber sehr glücklich waren. Unerwartet bekam Otto dann einen Einberufungsbefehl in die Armee. Nach einigen Tagen musste er weg. Ich bleib eine weitere Woche bei ihm. Unter Tränen verabschiedeten wir uns, und Otto fuhr zu Militärstützpunkt. Sein Freund Daniel brachte mich zum Zug. Ich hatte Hoffnung, meinen Mann wiederzusehen, ich musste, denn ich war schwanger mit unserem Sohn Alfred. Otto sollte unseren Sohn nie kennenlernen. Aus Kiew zu Hause angekommen, ging ich wieder zur Arbeit ins Kollektiv. Die beiden großen Kinder aus Ernas Ehe gingen am Vormittag in die Schule, die beiden mittleren, Lene und Kolja, dann nachmittags. Anna und Paulinchen besuchten den Kindergarten. Das Kollektiv ernährte uns alle. Danach kam dann der Krieg nach Russland, und das Unglück traf uns wieder. Alle Deutschen mussten von ihrem Wohnort, wo sie Wurzeln geschlagen hatten, in die Ferne. Niemand wusste, was uns am neuen Wohnort erwartet. Ohnehin waren nur Frauen, Kinder und alte Menschen im Kollektiv geblieben. Die Männer hatte man zum Militärdienst eingezogen. Für uns kam erneut das Exil. Wir hatten nur zwei

Wochen, um alle Vorbereitungen vorzunehmen. Meine Mutter weinte sehr viel, denn sie hatte Angst, dass wir in der Ferne oder auf dem Weg dorthin verhungern würden. Ich hatte versucht, alles an Lebensmitteln zu besorgen, was möglich war. Man hatte uns gesagt, dass unser Proviant für 24 Tage reichen müsste. Für die Kinder kam warme Winterkleidung hinzu. Mutter hatte viel gebacken, auch zwei Säcke Kartoffeln hatten wir besorgt."

„Es war der Morgen des 18. Oktobers. Junge Soldaten holten uns ab und brachten uns zum Bahnhof. Ich erinnere mich noch an die Bahngleise und die Bahnstation. sie hieß Prischib. Meine Mutter wagte es, sich den Soldaten zu widersetzen. sie sagte, sie wolle dableiben, um sich um die Waisenkinder zu kümmern. sie weinte. Von den Soldaten kam leider kein Entgegenkommen. sie mussten ihre Aufgabe erfüllen. Auch ihnen taten die Waisenkinder leid. Das war zumindest mein Eindruck. Um zum Bahnhof zu fahren, wurden wir mit einem Lkw abgeholt. Wir luden alles auf. Man sagte uns, dass wir die letzten Deutschen aus dem Dorf sind. Als wir ausstiegen, zerriss ein Sack Kartoffeln. Die Knollen rollten auf den Boden. Mit Hilfe der Kinder sammelten wir sie auf und nahmen sie mit in den Zug. In unserem Waggon waren 38 Menschen, davon ein altes Ehepaar, der Rest Frauen mit ihren Kindern. Eine Familie, bestehend aus zwei alten Frauen und drei

Kindern, wir nannten sie Familie Gros, ist mir dabei besonders in Erinnerung geblieben. sie waren ständig am Meckern und äußerten ihre Unzufriedenheit. sie hatten uns zunächst wegen unserer offensichtlichen Armut verspottet. Später auf unserer Reise, als ihnen der Hunger drohte, gaben wir dieser Familie einen Teil unserer Kartoffeln. Unterwegs wurde ich 26 Jahre alt. Ich hielt mich tapfer, teilweise weil ich jung war, teilweise aber auch, weil ich meiner Mutter eine Stütze sein wollte. Ich nahm alles nicht so schlimm, verleugnete die Wirklichkeit. Damals wussten wir natürlich nicht, was uns im Exil erwarten würde. Einmal am Tag, wenn auch nicht immer, hielt der Zug länger an einer Station, und es wurde uns erlaubt, aus dem Zug auszusteigen und zu kochen. Dann nahmen wir unsere Töpfe, und unter der Bewachung der Soldaten fingen wir an zu kochen. Die Jungs sorgten für Wasser, Holz oder Sträucher. Sie gingen sammeln. Ein kleines Beil, das ich von zu Hause mitgenommen hatte, kam uns oft zugute. Oft bat man uns um das Beil. Wir bekamen dann ein bisschen Holz im Gegenzug für die Nutzung. Glücklicherweise hatte ich auch Bohnen mitgenommen, sodass wir jedes Mal, wenn sich die Möglichkeit bot, kochen konnten. Manchmal passierte es auch, dass der Zug nicht lange genug stehen blieb und plötzlich weiterfahren musste. Dann lag es an uns, die Lebensmittel und Töpfe erneut in den Waggon zu schaffen, ehe der Zug weiterrollte. Eines

Tages brachten die Jungs sogar einen Kohlkopf, den wir kochten und einsalzten, um ihn am Folgetag essen zu können. Wir alle überlebten, niemand wurde krank. Das war nicht selbstverständlich, denn viele wurden auf dieser Reise krank und starben. Eines Tages, unweit von Moskau, hörten wir Kanonenschüsse. Unser Zug wurde auf den Nebengleisen abgestellt, die Türen von außen verriegelt. Man hatte uns wie Tiere eingesperrt. Wir hatten schreckliche Angst, dass die Kanonenfeuer uns treffen würden. Wir rückten näher zusammen. Die Kinder drückten sich an meine Mutter, sie weinten. Nach einer gefühlten Ewigkeit schlossen die Soldaten die Türen auf, und der Zug setzte sich in Bewegung. Offensichtlich konnten die Gleise wieder passiert werden. Unterwegs sahen wir zertrümmerte Züge, in denen vor kurzem noch Menschen Platz gefunden hatten. Vielleicht waren auch sie eingesperrt worden und dann bei lebendigem Leibe verbrannt. Rauch erhob sich. Es roch nach verbranntem Fleisch. Keiner kümmerte sich um die vielen Toten oder die wenigen Überlebenden. Diesen furchtbaren Anblick werde ich niemals vergessen." Wera atmete tief ein, Lidia saß bedrückt neben ihr. Beide verloren eine Zeitlang kein Wort. Zu schrecklich waren die Erinnerungen und das Gesagte. Danach begann Wera erneut. „Ich war schwanger zu der Zeit. Das Kind sollte Ende Oktober zur Welt kommen. Endlich kamen wir in dem Ort, Amankarabai in Kasachstan an. Wir luden alles, was übriggeblieben war, aus dem Waggon. Dieses Mal taten wir es selbst mit Hilfe unserer Kinder. Von den Soldaten haben wir keinen mehr gesehen. Sie waren plötzlich weg. Um uns herum standen ein paar Neugierige. Jemand aus dem Kreis der Einheimischen fragte uns, wohin wir möchten. Wir hatten keine Antwort, denn wir kannten diese Gegend nicht. Wir waren fremd hier. Meine Mutter machte sich auf den Weg, um nachzufragen. Ich blieb mit den Kindern zurück. Zu dieser Zeit lag Schnee auf dem Boden, obwohl es noch kein Winter war. Meiner Mutter gelang es, den Fahrer eines Wagens anzusprechen. Er war deutsch und erzählte ihr, dass er in einem russischen Dorf, Nowoneschenka, wohnt. Meine Mutter traf die Entscheidung sehr schnell. Sie bat den Fahrer, uns alle dorthin zu bringen. Ich hielt die Entscheidung für sehr vernünftig, denn wir sprachen zwar russisch, aber kein kasachisch, und die Kinder mussten bald in die Schule. Obwohl sein Wagen schon voll war und er müde, erklärte er sich bereit, uns abzuholen. So warteten wir neben unseren Bündeln, in die wir den Rest Lebensmittel und Kleidung verstaut hatten, auf unseren Fahrer. Bis zum Dorf Nowoneschenka waren es 15 Kilometer. Der Fahrer arbeitete dort in einem Kollektiv auf einer Mähmaschine. Nach einer Stunde kehrte er zu uns zurück. Wir luden alles, was wir bei uns hatten auf die Ladefläche seines Wagens. Der Fahrer brachte uns zum Schulhaus. Dort würden wir für die Nacht

Obdach haben. Am nächsten Tag kamen Leute aus dem Kollektiv. Sie brachten uns auf einen Hof zu einer Frau, die auch im Kollektiv arbeitete. Dann kam der Vorsitzende zu uns. Er erklärte sich bereit, uns im Kollektiv aufzunehmen und für uns zu sorgen. Meine Mutter freute sich, weil wir es so vielleicht schaffen würden, die Kinder durchzubringen. Die Kinder waren ihre größte Sorge."

Das Kollektiv wies uns ein Erdhaus zu. Der Volksmund nannte so eine Art Wohnung eine Semljanka. Im Grunde war es nicht mehr als ein Hohlraum, eine Art kleines Zimmer, das in den Berg gehauen worden war. Die vordere Wand war aus Lehmsteinen gemauert und hatte eine Tür. In so einem Erdhaus ist es im Winter warm. Im Sommer dagegen, wenn es draußen heiß ist, ist es drinnen angenehm kühl. Als wir dort ankamen, waren wir zermürbt und verlaust. Wir waren alle so verlaust, dass wir uns ständig kratzen mussten. Wir wuschen uns zunächst und zogen frische Kleidung aus unserem Vorrat an. Am nächsten Morgen gingen wir zu dritt, Waldemar, Alexander und ich, zur Leitung des Kollektivs. Dort angekommen, führte man uns zunächst in ein Lebensmittellager und gab uns auf jede Person jeweils 5 kg Mehl und 5 kg Kartoffeln. Insgesamt 45 kg Mehl und 45 kg Kartoffeln für unsere neunköpfige Familie. Das war für den Monat November. Für Dezember bekamen wir dann

Lebensmittel für 10 Menschen. Ich hatte derweil unseren kleinen Alfred entbunden. Meine Mutter hatte bei der Geburt geholfen. Es verlief alles gut. Für mich war es ein großes Glück, dass ich das Kind nicht auf der Fahrt bekommen hatte."

Gegenüber von uns lebte ein Ehepaar mit drei Kindern. Da ihre Wohnung ziemlich groß war, hatte man bei ihnen auch eine alte Frau wohnen lassen. Die alte Dame war gut zu uns. Sie brachte uns Piroschki, das sind Teigtaschen gefüllt mit gestampften Kartoffeln. Später hat meine Mutter, um etwas zurückzugeben, für sie genäht, und die Kinder haben ihr geholfen, wo sie konnten.

Unsere ältesten Jungen gingen ins Kollektiv arbeiten. Sie halfen im Stall und arbeiteten bei den Ochsen. Das Leben ging voran. Wir hatten genug zu essen und waren zufrieden. Oft erreichten uns Briefe, die meldeten, dass man die Deutschen bald aus der Arbeitsarmee nach Hause entlassen würde. Es hieß sogar, einige seien bereits unterwegs. Doch das alles war nicht wahr. Der Krieg sollte anhalten. Täglich wurden neue Menschen rekrutiert. Auch unsere Familie blieb nicht verschont. Am 4. November 1942 kam auch für unsere ältesten Jungs, Waldemar und Alexander, der Einberufungsbefehl in die Arbeitsarmee. Sie kamen beide in die Stadt Karaganda und mussten dort in den Kohleminen als Ersatz für die einberufenen Soldaten arbeiten. Unser

Lebensunterhalt sank. Die Einberufenen litten, aber ebenso die Daheimgebliebenen. Ich arbeitete alleine für einen geringen Lohn. Manchmal, wenn es dem Kollektiv an Geld mangelte, arbeitete ich umsonst. Jede Woche bettelte ich die Leitung des Kollektivs um Lebensmittel an, denn meine Familie war am Verhungern. Das Betteln war unerträglich. Irgendwann bekam ich 15 kg Hafergries, auch Prosjanka genannt, zugewiesen. Als der Hafergries gereinigt war, blieb davon wenig zum Essen übrig. Es ging uns sehr schlecht, und unsere Hoffnung, überleben zu können, wurde immer weniger."

„Doch plötzlich bekamen wir Hilfe. Eine Nachbarin bot mit eine Anstellung bei ihr an. Sie hatte unser Leid gesehen und wollte helfen. Ihr Mann war der Vorsitzende eines Lebensmittelladens. Natürlich war ich einverstanden. Ich bekam 100 Rubel als monatlichen Lohn. Dazu kamen 15 kg reiner Weizen. Wir kochten uns davon einen schlichten Brei. Erneut hatten wir Hoffnung."

„Als der Vorsitzende des Kollektivs mich zur Arbeit im Kollektiv zwingen wollte, widersetzte ich mich, wegen der Kinder. Der Vorsitzende drohte mit einer Anklage und Gefängnis. Ich blieb stur und antwortete ihm, dass er sich dann um meine Kinder kümmern müsste. Als man mich losgelassen hatte, ging ich nach Hause, um meiner Mutter davon zu erzählen. Sie konnte nichts sagen und saß nur weinend da. Tatsächlich meldete sich am folgenden Tag niemand aus dem Kollektiv, um mich abzuholen. Mein Glück war, dass ich bei unserer Ankunft kein Gesuch auf eine Anstellung im Kollektiv gestellt hatte. Ich arbeitete dort ohne eine Mitgliedschaft."

„Zu dieser Zeit gab es im Dorf auch einen Militärkommandanten, dessen Anordnungen wir folgen mussten. Auf seine Anordnung hin mussten wir uns jede Woche in seiner Kommandantur melden. Bei einem dieser Besuche hatte man mir geraten, die beiden jüngsten Kinder ins Waisenhaus zu geben. Dieses war von uns 45 Kilometer entfernt. Als ich meiner Mutter davon erzählte, war sie geschockt und traurig. Unter Tränen sagte sie, dass das nicht geschehen würde, solange sie lebt. Ich teilte ihre Meinung. Wie grausam das wäre. Wie jämmerlich. Wir blieben zusammen."

„Danach kam das Jahr 1944, und das Leiden ging für uns weiter. Unser Kolja wurde krank. Er erkältete sich, bekam Fieber und dann eine Lungenentzündung. Es dauerte nicht lange, bis er im August verstarb. Im November des selbigen Jahres starb dann meine Mutter, dir mir immer eine große Stütze war. Davor hatten wir uns ausgesprochen und uns beieinander bedankt. Lene erwähnte sie nicht. Ihre Worte waren Balsam für meine Seele. Meine Mutter hatte gewusst, dass sie sterben würde. Ich habe das später von einer Bekannten meiner Mutter, die ich Zorce nannte, erfahren. Meine Mutter schlief eines Morgens einfach ein. Alles war vorbei. Kein Seufzen, kein Stöhnen. Nicht einmal ausgestreckt hatte sie sich, so still war sie eingeschlafen. Für mich war ihr Verlust unvorstellbar groß. Ich wusste, sie hat für uns bis zum Ende gebetet. Sie glaubte an ein besseres Leben nach dem Tod. Das gab auch mir die Kraft." Wera versuchte aufzustehen. „Meine Gelenke sind steif", sagte sie.

Die Königin des Todes

Es ist mitten im Sommer, im Ruhezimmer ist es gemütlich. Die Klimaanlage brummt leise. Die kühle Luft füllt das Zimmer, sie macht unsere Arbeit auf der Elektrostation in den Bergen angenehm. Draußen steht seit mehreren Wochen eine unerträgliche Hitze. „Bei euch im Raum ist es das Paradies", sagte Frau Japs aus der Schaltzentrale, sie kam zu uns herein, um ein wenig kühle Luft zu atmen. „Bei uns im Raum ist es unvorstellbar heiß." Auf meinen fragenden Blick antwortete sie mit den Worten: „Für meinen Chef ist die Hitze in Ordnung, sie gehört für ihn zum Klima in Mittelasien. Er ist ein gebürtiger Usbeke." Auf der Elektrostation zu arbeiten, ist für mich ein Glück. Ich habe schon immer vom Beruf des Elektronikers geträumt, schon als kleiner Junge. Ähnlich geht es anderen, mit denen ich arbeite. Der Lohn ist nur durchschnittlich, die Arbeitszeit aber perfekt. Eine Schicht dauert 24 Stunden. Es gibt aber die Möglichkeit zum Schlafen. Falls die Maschinen einwandfrei funktionieren, bleibt Zeit zum Schlafen. Unsere Aufgabe ist es, für das reibungslose Arbeiten der Maschinen zu sorgen. Nach einer Schicht haben wir drei Tage frei und können den Sachen nachgehen, die wir mögen. Viele nutzen die Gelegenheit zur Schwarzarbeit.

Meine Kollegen sind angenehm. Nur ein Kollege, Waldemar Schenk, ist dem Wein nicht abgeneigt. Er hat Alkoholprobleme. Eines Tages habe ich ihn zur Rede gestellt. „Auf die Art und Weise können wir leider nicht zusammenarbeiten, Herr Schenk", so hatte ich damals begonnen. Wir saßen am Tisch im Ruhezimmer. „Sie können zu Hause trinken, bis zum Koma. Auf der Arbeit nicht. Er machte den Mund auf, um mir zu widersprechen. Auf seinem Gesicht zeigte sich Sturheit. Eine Zeitlang schwiegen wir beide. Ich signalisierte ihm deutlich, dass ich seine Antwort gerne hören möchte. „Ich werde mir Mühe geben, dass es nicht mehr passiert", gab er dann zur Antwort. „Wir werden sehen, denn ich möchte Sie ungern als Mitarbeiter verlieren." Zu dieser Zeit leitete ich die Funkrelaisstation als Chefingenieur erst ein paar Monate. Im Funkregister war sie unter der Nummer 38 verzeichnet. Es ist Anfang der achtziger Jahre, meine Kollegen und ich, insgesamt sechs Personen, kümmern uns um die Versorgung der Stadt mit Telefonverbindungen, Telegrafie-, Radio- und Fernsehübertragung. Die Arbeit verlangt geistige Anstrengung, denn die Maschinen sind veraltet. Ersatzteile gibt es kaum. Unsere Aufgabe ist es, zu jedem Zeitpunkt die Verbindung der Stadt mit der Außenwelt sicherzustellen. Die Adern der Stadt am Pulsieren zu halten.

Mein Kollege Waldemar war Mitte zwanzig, verheiratet, klug und gut aussehend. In seiner Nachtschicht fing er regelmäßig an zu trinken. Den

Wein besorgte er sich in einem Geschäft in der Nähe. Am Morgen danach fanden wir die leeren Flaschen neben dem Schreibtisch in der Ecke vor. Ich habe mehrfach versucht, mit ihm darüber zu sprechen, redete mehrmals auf ihn ein. Er verleugnete es. So geschah es, dass an jedem Morgen seiner Schicht das Gleiche erneut passierte. Wir fanden einen Haufen Leergut in der Ecke neben dem Schreibtisch. Für diese Ecke schien er eine Schwäche gehabt zu haben, denn er brachte die leeren Flaschen nicht weg. Stattdessen nahm er die leeren Flaschen bei Schichtende mit nach Hause. Seine Sturheit brachte mich zur Weißglut. Irgendwann drohte ich ihm mit der Kündigung. Meine Stimme bebte vor Zorn. „Ich mache das nicht mehr, mein Ehrenwort", hatte Waldemar geantwortet. Sein Blick war ehrlich und glaubwürdig. Ich hatte Vertrauen in ihn und bat seine direkten Kollegen, auf ihn zu achten und gegebenenfalls auf ihn Druck auszuüben. Alle Bemühungen der Kollegen brachten nichts, und Waldemar änderte sich nicht. Dann passierte etwas, das ich nicht geglaubt hatte. Alle Kollegen stimmten seiner Entlassung zu. Erneut vergingen Schichten. Alles blieb beim Alten. Eines Tages wurde einer unserer Mitarbeiter dann krank, und ich half aus, um den Betrieb am Laufen zu halten. Ich kam zur Nachtschicht. Im Ruhezimmer gab es eine Liege. Das war ein einfacher Rahmen mit einem Lattenrost, der auf Füßen aus Stahlwinkeln lag. Auf dem Lattenrost lag eine durchgelegene Matratze, ebenso auch eine Decke. Darauf lag ein Überwurf. Die Matratze und die Decke hatte vor Jahren einer unserer Kollegen mitgebracht. Seitdem wurde das Bettzeug nicht erneuert. Heute Nacht würde die Liege mein Schlafplatz sein. Als ich den Überwurf von der Liege nahm, blieb ich erstarrt stehen. In der Schlafdecke klaffte ein dreißig Zentimeter großes Loch. Ich überlegte, wer daran schuld sein könnte. Es musste Waldemar gewesen sein. Die schlaflose Nacht verbrachte ich auf dem kahlen Boden. Ich erinnerte mich an einen Vorfall, der sich vor Jahren zugetragen hatte. Die Nachbarstation brannte damals total ab. 2500 Meter über dem Meeresspiegel, lag sie 14 Kilometer von der Stadt entfernt. Als die Station in Flammen aufging, befanden sich dort zwei Männer. Für gewöhnlich dauerte eine Sommerschicht einen Monat lang. Danach hatten die Angestellten einen Monat frei. Im Winter konnte eine Schicht auch zwei Monate dauern, insbesondere bei schlechtem Wetter. Dann war die Station nicht zu erreichen.

Die beiden diensthabenden Männer waren Mitte zwanzig und kerngesund. Wjatscheslaw, wir nannten ihn Slava, war schlank, sein Kollege Nicolai, wir nannten ihn Nick, eher schwerer gebaut. An dem besagten Abend deutete nichts darauf hin, dass etwas Schlimmes passieren würde. Beide saßen am Tisch und unterhielten sich über das Leben. Slava lächelte plötzlich. Nick schaute ihn verwundert an, „Was ist los, Slava?" „Bald werde ich zum zweiten Mal Vater. Meine Frau hat es mir am Telefon erzählt." Nicolai machte Augen. „Gratuliere." Wjatscheslaw stand auf, „Hoffentlich haben wir Glück. Ich wünsche mir einen Sohn." Er ging in die Küche, um zwei Scheiben Brot abzuschneiden. Die zwei Scheiben beschmierte er mit Butter. „Ich will schauen, wie das Wetter draußen ist." Slava ging zur Tür und schaute nach draußen. „Das Wetter sieht gut aus, morgen gehe ich auf die Jagd." „Ich wünsche dir viel Glück dabei, denn unser Fleisch geht zur Neige", hörte er Nicks Stimme. Slava legte eine Scheibe vor seinen Kollegen, „iss was, Nick, und lass uns mit einem Glas Wasser anstoßen." „Auf die Gesundheit deiner Frau", Nick trank aus. Sie aßen in aller Ruhe ihr Brot. Draußen wurde es dunkel. „Ich gehe schlafen, ich bin müde." Slava stand auf und ging zum Bett. Nach wenigen Minuten hörte Nick sein Schnarchen. Der Uhrzeiger überschritt die Mitternacht. Der Fernseher flimmerte leise. Noch eine Stunde, dann würde das Unglück passieren. Nach einem letzten Eintrag ins Schichtbuch legte sich Nick auf die zweite Liege und schlief nach wenigen Minuten ein. Die Schicht war gut verlaufen. In der Mitte der Nacht roch er einen unangenehmen Geruch aus dem Maschinenraum, das würde er später zu Protokoll geben. Der Geruch bestand aus Teer, Gummi und etwas sonstigem, was er nicht identifizieren konnte. Es brannte etwas. Nick sprang auf, während Slava weiter schlief. Nick stieß Slava eine Faust gegen die Schulter und rannte in den Maschinenraum. „Was ist passiert, Nick?", fragte Slava erschrocken. „Es riecht nach Rauch", gab Slava mit aufgeregter Stimme zurück. „Ich habe Feuer aus der Wand lodern sehen. Wir haben einen Kurzschluss." Nick riss den ersten Feuerlöscher von der Wand. Slava nahm gleich den nächsten. Beide fingen an zu löschen. Der Löschschaum schlug gegen die Holzwand. Es half nichts. Das Feuer verbreitete sich in der Wand. Auch das Lösen der Sicherung half nichts. Es wurde dunkel. Lediglich das Feuer loderte. Aus Spargründen hatte man die Wände der Station aus Holz gebaut. Um die Wände abzudichten, hatte man den Hohlraum der Wände mit Sägemehl verdichtet. So blieb das Gebäude auch im Winter bei minus 30 Grad Celsius warm. Kostengründe waren beim Bau entscheidend gewesen. Die Sicherheit spielte nur eine untergeordnete Rolle. Eine Überlegung brachte Nick dazu, die Axt aus dem Nebengebäude, das sich etwa 20 Meter vor der Station befand, zu holen. Verzweifelt schlug er mit der Axt gegen die Wand. Seine Hoffnung, dass das Feuer leichter zugänglich wird, wurde nicht erfüllt. Stattdessen bekam das Feuer Zugluft und fing an, noch stärker zu brennen. Nach nur kurzer Zeit standen alle Wände in Flammen. Die Männer standen erschrocken in der Mitte des loderten Feuers. „Wir werden verbrennen", schrie Slava. Nick schaute ihn an, seine Lippen bewegen sich. Doch er konnte nichts verstehen. Das Feuer war zu laut. Slava ergriff Nicks Hand. „Raus hier", schrie er. „Nimm das Tagebuch, los!" Nick rannte zum Tisch in den Maschinenraum, um das Maschinentagebuch an sich zu nehmen. Slava dachte an die Kleidung, die an seinen Hacken hing. Beide flüchteten aus dem Feuer, hinaus ins Freie. Circa 30 Meter von der Station entfernt blieben sie stehen. Die frische Bergluft senkte die Hitze. Slava ließ die Kleidung, die er sich vom Hacken gerissen hatte, auf den Boden fallen. Beide schauten sich an. Der Kampf um die Station war verloren. Zum Glück hatte Slava daran gedacht, die Kleidung, die jetzt schwarz von Rauch und Asche war, mitzunehmen. Nach dem Anziehen merkten sie, dass ihre Hände bluteten. Sie hatten sich Verbrennungen zugezogen. „Wir müssen warten, bis alles abgebrannt ist", sagte Slava. „Die Flammen können auf das Dieselgebäude übergreifen. Dann haben wir ein großes Problem." Slava schien im Gegensatz zu Nick klar denken zu können. Wartend sahen sie dem Feuer zu.

Erst als das Stationsgebäude abgebrannt war, machten sie sich auf den Weg zur Stadt. Slava hielt das Maschinenbuch an sich gedrückt, als wäre es ein Schatz, wohlwissend, dass es bei späteren Untersuchungen dienlich sein würde.

Es dauerte ein ganzes Jahr, bis die Untersuchung abgeschlossen werden konnte und beide Männer freigesprochen wurden. Wir selbst kamen am Morgen nach dem Brand in der Station 37 auf unserer eigenen Station mit der Nummer 38 an. Erschrocken begrüßte uns der Wachhabende. „Was ist passiert," fragten wir ihn. „Die Station 37 gibt es nicht mehr, sie ist heute Nacht abgebrannt. Es gibt keine Verbindung mit der Station seit Mitternacht." Der Schichthabende Anatoli wählte daraufhin die Nummer der Zentrale. In der Zentrale wurde abgehoben und der Hörer sofort an Nick, der gemeinsam mit Slava im Tal angekommen war, weitergereicht. „Die Station ist abgebrannt", sagte Nick mit bedrückter Stimme. „Ist euch denn etwas passiert?" „Bis auf Verbrennungen an den Händen ist uns nichts passiert". „Gut, ruht euch aus. Ich werde später ein Auto nach euch schicken". Damit war das Telefonat beendet.

Die Gegenwart holte mich wieder ein, und ich starrte mit Schrecken auf das durchgebrannte Loch in der Bettdecke. Es half nichts, die Gefahr, die von Waldemars Trinksucht ausging, war einfach zu groß. Am nächsten Tag sprach ich mit dem Kollegen, dem Waldemar zuvor seine Schicht übergeben hatte. Ich wollte mir sicher sein. Der Kollege hatte mir berichtet, dass Waldemar in der Nacht getrunken hatte und die Schicht auch betrunken an ihn übergeben hatte. Waldemar hatte auf der Liege geraucht und war mit der Zigarette eingeschlafen.

Dabei hatte er seine Hose und die Decke durchgebrannt. Erst als seine Haut anfing zu glühen, ist er aufgewacht. Am nächsten Morgen ging er dann im weißen Stationskittel nach Hause.

Ich entschloss mich, meinen Chef in der Zentrale anzurufen. „Wir haben hier oben ein Problem. Waldemar Schenk ist Alkoholiker. In seiner letzten Schicht ist ihm ein Unfall passiert." „Was," mein Chef staunte am anderen Ende der Leitung, „noch einmal von vorne, bitte." „Er rauchte im Liegen. Dabei ist er dann eingeschlafen, und die Zigarette ist ihm aus der Hand gefallen. Die glühende Zigarette brannte ein Loch durch die Decke." Mein Chef schwieg. „Seine Hose hatte es auch erwischt," erläuterte ich verärgert weiter. „Kann es sein, dass es ein anderer Kollege war?" Mein Chef hatte ein gutes Herz, für ihn war das für uns Offensichtliche schwer zu glauben. „Nein, das kann nicht sein. Ich habe mit Anatoli, der von ihm die Schicht übernommen hatte, gesprochen." „Anatoli hat den Brandfleck als erster entdeckt." Mein Chef konnte es nicht glauben. Er war aufgeregt. Ich merkte es daran, dass er anfing zu stottern. Wir hatten aufgelegt, weil mein Chef versprochen hatte, mit Waldemar zu sprechen. Ich selbst hatte die Aufgabe bekommen, mich schon einmal nach einem passenden Mechaniker umzuschauen."

Wochen später war nichts geschehen. Waldemar hatte auch meinem Chef Besserung versprochen.

Erneut passierte das Gleiche, und ich stellte wieder einen Antrag auf die Entlassung von Waldemar. Ich habe nicht daran gedacht, dass der Antrag mein eigenes Todesurteil werden kann. Waldemar bat mich, ihn nicht zu entlassen, bis er eine neue Stelle gefunden hat. Ich willigte ein. Dann brachte mich Waldemars Rache fast ins Grab. Ich habe nicht gedacht, dass er zu so etwas fähig wäre. Einige Tage, nachdem ich das Entlassungsgesuch für ihn gestellt hatte, ergab es sich, dass ich die Nachtschicht nach ihm antreten musste. Es wurde Nacht, und ich freute mich, dass ich schlafen gehen konnte. Ich knipste den Schalter aus und nahm den Überwurf von der Liege. Wir hatten das Bettzeug nach Waldemars Unfall erneuert. Ohne falsche Gedanken legte ich mich auf die Liege. Durchs Fenster fiel das Licht der Straßenlaterne. Ich war sehr müde und schlief sofort ein. Mein Schlaf war kurz. Ich hatte geträumt, ich saß an meinem Arbeitstisch auf der Station, als jemand sich an mich heranschlich. Er hatte einen Knüppel in der Hand. Ich saß schockiert da und hatte keine Kraft, mich umzudrehen. Danach wurde mir mit voller Wucht auf den Hinterkopf geschlagen. Ich wachte auf und lag auf der Liege. Mein Hinterkopf schmerzte so sehr, dass ich es kaum aushalten konnte. Die Birne an der Decke leuchtete nicht. Ein wenig Licht kam durch das Fenster. Ich setze mich auf und wartete eine Weile. Danach fing ich an im Zimmer auf und ab zu laufen. Langsam legte sich der

Schmerz. Ich ging in den Maschinenraum. Niemand war dort, und die Tür war abgeschlossen. Es konnte niemand auf der Station sein. Wieder verging eine Weile. Im Maschinenraum ging ich vor und zurück. Zwanzig Schritte hin, zwanzig Schritte her, wie in der Halle. Eine Stunde lief ich auf und ab. Danach legte ich mich erneut auf meine Liege. Nach einer Weile schlief wieder ich ein.

Am Morgen klingelte dann das Telefon, und ich wachte auf. Im Zimmer war es hell. Ich hob den Hörer ab. Die Zentrale verlangte den Bericht über die Arbeit der Maschinen in der vergangenen Schicht, den ich übergab. Dann machte ich mich wieder auf zum Ruheraum, um diesen für die nächste Schicht vorzubereiten. Ich schaute auf mein Kopfkissen. Dort sah ich eine Spinne, die ein weißes Kreuz auf dem Unterleib hatte. Wir nannten sie die Königin des Todes. Sie war Tod. Ich hatte sie mit meinem Kopf zerquetscht. Dabei hatte mein langes Haar das Schlimmste verhindert. Die Spinne konnte ihr Gift nicht in mich injizieren.

Am nächsten Morgen kam Waldemar zu seiner nächsten Schicht. Er schaute mich verwundert an. Mir kam es so vor, als hätte er nicht daran geglaubt, dass ich die Nacht überleben würde. „Heute ist meine letzte Schicht. Ich habe eine neue Stelle." Er sagte es, bevor ich ihn fragen konnte. „Na dann, viel Glück", hatte ich ihm geantwortet. Hatte Waldemar seine

Hand im Spiel mit der Spinne? Ich zweifelte nicht daran. Mir war klar, dass er mir den Tod wünschen würde. Über die Spinne auf meinem Kissen verlor ich kein einziges Wort. Ich übergab ihm die Maschinen. Dann ging ich nach Hause. Sein Blick zum Abschied sagte mir alles. Die Arbeit auf der Station normalisierte sich danach.

Jetzt, nach vielen Jahren, frage ich mich: War das ein Zufall, dass ich am Leben geblieben bin? Auf jeden Fall hatte ich einen guten Schutzengel.

Ein Durchbruch im Eisernen Vorhang

In der Sowjetunion kämpft Gorbatschow um die Perestroika. Es läuft nicht alles wie gewünscht. Die Bevölkerung widersetzt sich, sie leistet der Regierung keinen Gehorsam. Die Geduld der Menschen ist ausgeschöpft. Es geschehen Dinge, von denen vor kurzem noch keiner träumen konnte. An diesem Sonntagabend fahren wir mit unserem Truck den Asphaltstreifen entlang. Das Wetter ist perfekt, das Auto läuft, es gibt nichts, was auf Probleme hindeutet.

Mein Vorgesetzter ließ mich am Freitagabend in sein Büro kommen. „Ich habe einen Auftrag für dich." Einen Auftrag am Freitagabend zu bekommen versprach nichts Gutes. „Gibt es am Wochenende Arbeit"? „Wir müssen ein paar Masten bauen." Er sah meinen fragenden Blick. „Die Verwaltung braucht dazu besonderes Holz, wir haben es bereits bestellt". Er nahm die Frachtpapiere vom Tisch. „Du kannst das Holz mit Hilfe eines Fahrers aus Osch abholen". Wir schauten uns an. Mir schien, als ob er im Inneren kämpfen würde, ob er mir den Auftrag geben sollte oder nicht. „Am besten fahrt ihr beide am Sonntag los." „Aber es ist doch mein Ruhetag". Obwohl Arbeit am Wochenende in unserer Verwaltung an der Tagesordnung ist, tue ich es ungern. Er kann es an meinem Gesicht ablesen. „Am Montag brauchen wir das Holz, die Arbeit drängt leider". „Du kannst einen anderen Tag für den Sonntag freibekommen". Seine Stimme duldete keine Widerrede. Mir blieb keine andere Wahl. Ich nahm die Frachtpapiere. Unter seinem scharfen Blick verließ ich das Zimmer. Mein Kumpel Server, der Fahrer, hatte den Auftrag auch bekommen, und wir hatten uns für die gemeinsame Fahrt verabredet.

Jetzt sind wir unterwegs zu der Stadt Osch in Kirgisistan. Die Straße ist schlecht. Die Federung unseres Trucks schafft es nicht, die Schäden der Straße zu dämpfen. Wir sind am Sonntagnachmittag von zu Hause abgefahren. Server wollte am Nachmittag fahren. „Lange Strecken fahre ich gerne nachts, der Verkehr ist wesentlich geringer, es ist leichter zu fahren," hatte er gesagt. „Wenn wir morgen früh als erste vor dem Tor stehen, sind wir gleich dran und können uns dann rechtzeitig auf den Heimweg machen." „Am Sonntagnachmittag habe ich sowieso nichts zu tun. Außerdem bist du der Fahrer, du hast das Sagen." Ich zog die Frachtpapiere aus der Mappe. Im Begleitbrief steht, „ich habe mit dem Fahrer nach Osch zu fahren, um dort Rundholz für unsere Verwaltung abzuholen. Auch das Kennzeichen des Fahrzeugs ist angegeben. Kennst du dich in Osch aus?" Die Antwort ist ausführlich. Der Fahrer sieht, dass mir das Schaukeln nicht bekommt. Mit einer mitleidvollen Miene auf dem Gesicht versucht er, mich zu beruhigen. „Bald kommen wir auf die

Landstraße, die ist besser. Wir können dort, ordentlich Gas geben. „Hast du die Stadt schon mal gesehen? Ist sie schön?" „Ist eine schöne Stadt, eine von vielen in Mittelasien." Server ist ein Tatar, er kommt von der krimschen Halbinsel, ist Ende zwanzig und dunkelhaarig. Er schaut mich mitleidig an, „wir kommen voran. Bald biegen wir ab, dort ist es nicht so uneben", wiederholt er. Es vergeht eine Weile, wir biegen von dem schwierigen Weg ab. Das Auto läuft leichter, das Schaukeln nimmt ab. Eine Stunde dauert unsere Fahrt auf dieser Straße. Meinem Magen geht es besser und damit auch meiner Laune. „Ich wünschte, der Weg bliebe so bis Osch." Leider sollte mein Wunsch nicht in Erfüllung gehen. Wir bogen wieder auf eine Nebenstraße ab. „Diese Strecke ist wesentlich kürzer", sagte er, „ich kenne mich auf den Wegen aus." Mir blieb nichts anderes übrig, das Schaukeln musste ich erdulden. „Es tut mir leid", Server schaute mich aus dem Augenwinkel an. Ich schaue ihn ebenfalls an, er war die Ruhe in Person, das Schaukeln schien ihm nichts auszumachen. Mir machte das ständige Ausscheren des Anhängers Sorgen. „Vergiss nicht, dass wir einen Anhänger im Schlepptau haben." „Das weiß ich. Wenn uns ein Auto entgegenkommt oder jemand überholen will, fahre ich vorsichtig, mach dir keine Sorgen." Server war ein erfahrener Fahrer, sein Fahrstil war perfekt, darüber hatte ich noch nachgedacht als wir losgefahren sind. Der Tag ging zur Neige, die Hitze war jetzt erträglich. Kühler Wind blies durch die heruntergelassenen Scheiben. Mein Blick war auf den Rücksitz des Autos gerichtet. Server fing meinen Blick ein, „das ist Komfort", sagte er. Seine Hand streichelte zärtlich das Lenkrad.

Nach mehrstündiger Fahrt tauchten in der Ferne mehrere Gebäude auf. „Andijon", sagte Server, „um die Stadt machen wir einen Bogen." „Warum das? Sie liegt doch auf unserem Weg?" „Dort können wir am Sonntagabend nichts unternehmen." „Ich habe leider Andijon noch nie besucht." „Es gibt dort viele Moscheen mit sehr schönen Minaretten." „Die Stadt hat Stalins Neigung, das Alte vernichten zu wollen, teilweise überlebt." „Vor der Revolution gab es dort wesentlich mehr Moscheen", belehrte mich Server, „heute ist davon nur noch ein Bruchteil übrig." „Sag mal, wie kamen eigentlich deine Vorfahren nach Usbekistan," fragte ich ihn weiter. „Da der Krieg begann, verschleppte man die Tataren aus ihrer Heimat, der Krim, nach Mittelasien. Stalin hatte befürchtet, dass die Tataren auf die Seite der Deutschen überlaufen." „Soweit ich weiß, hatten viele das auch gemacht", gab ich von mir. „Seitdem leben in Andijon viele Tataren". „Auch deutsche Kirchen hat es dort gegeben, bis der Krieg kam und sie dem Erdboden gleichmachte." „Die Kommunisten verstehen nichts von Architektur und Denkmälern." „Sie kleben an ihren kommunistischen Ideen wie

Pech", das pflegte mein Vater zu sagen. Dass sie mit ihren Ideen irgendwann einmal zugrunde gehen würden, sagte meine Mutter." „Meine Eltern besitzen jeden erdenklichen Grund, die kommunistische Regierung zu hassen." Damit endete unser Gespräch vorläufig.

Schweigend saßen wir da, und ich schaute mir die vorbeiziehenden Landschaften an. „Da fällt mir doch noch etwas ein, was wir beide in Andijon machen könnten," begann ich erneut. „In der Zeitung steht, dass heute ein Fußballspiel stattfindet." „Kennst du dich mit Fußball aus?," fragte ich Server, obwohl ich mir sicher war, dass er von seinem Plan nicht abweichen würde. Er ignorierte meine Frage. Ich fragte mich, ob er meine Frage gehört hatte und wiederholte sie erneut. „Das weiß ich, sagte er nach einer langen Pause, „ich lese die Zeitung." „Wir könnten uns das Spiel anschauen, stimmt's?" Meine Stimme klang zu dem Zeitpunkt etwas verärgert. Server schwieg zunächst. Nach einer Weile antwortete er, „da gibt es nicht viel zu schauen, beide Mannschaften sind in der zweiten Liga." Ich ließ nicht locker. „Wenn Pachtakor aber mit jemandem aus der oberen Liga spielen würde, sie haben dieses Jahr eine gute Saison." Server zuckte mit den Achseln. Nach einer Weile sagte er friedlich. „Es ist schon spät, wir sollten bald ankommen, ein wenig schlafen, Kräfte sammeln, morgen geht es wieder zurück." „Wenn wir Fußball schauen würden, würden wir nach den anderen ankommen", fiel ich ihm ins Wort. „Genau", seine Stimme verriet mir, dass ich ihn in Ruhe lassen sollte. In dem Moment hatte ich noch nicht geahnt, dass Server damit unser Leben retten würde.

An diesem Abend sprengte die Opposition ein Loch in den Eisernen Vorhang des kommunistischen Regimes, der UdSSR. Das Ganze sollte sich auch auf die Stadt Andijon auswirken.

Ich selbst dachte nur an unsere Ladung, die wir mit ein wenig Glück morgen erhalten würden. „Wir müssen das Rundholz in die Verwaltung bringen, die Elektriker brauchen das Holz. Sie sollen hohe Masten aufbauen." Verärgert schaute ich durch die Scheibe. Server hörte mein Gerede ohne Reaktion. Er schien seinen eigenen Gedanken nachzugehen. „Wir bringen das Holz nach Hause", sagte er nachdenklich. Mir schien, dass er genau wusste, dass Probleme auf uns zukommen würden. Wir kamen kurz vor Mitternacht in Osch an. Schilder am Straßenrand wiesen uns die Richtung. Server fuhr zum Holzdepot. Ein paar Meter vor dem Tor stellte er das Auto ab. „Wir haben unser Ziel erreicht." Server machte den Motor aus. Stille trat ein. „Lass uns jetzt etwas essen." Server war zufrieden. Wir holten unsere Brottaschen heraus und aßen das Essen, das wir von zu Hause mitgebracht hatten. Auch Leitungswasser hatten wir vorsorglich mitgenommen. Nach dem Essen holte Server ein Brett unter dem Rücksitz hervor. Das Brett kam zwischen die beiden Vordersitze und ergab eine Liege. „Du kannst vorne schlafen, ich nehme die Liege." Er bewegte sich zum Rücksitz. Ich breitete meine Jacke auf das Brett und legte mich hin. Endlich konnte ich mich ausstrecken. Das war so angenehm, nach dem stundenlangen Sitzen im Auto und unterwegs auf einer schlechten Straße, dachte ich. „Ich werde bestimmt gut schlafen", sagte ich. „Die Technik ist gut, wir werden es warm haben", murmelte Server von seiner Liege aus. Perfekt, dachte ich. Bei Tageslicht wachten wir auf. Ausgeruht stiegen wir aus dem Auto. Niemand außer uns war da. Server streckte sich. Wir liefen ein paar Runden um das Auto, um unsere Gelenke zu bewegen. Unsere Müdigkeit war verschwunden. Wir wuschen uns mit Wasser aus unseren Wasserflaschen. Danach setzten wir uns an einen aus Brettern zusammengebauten Tisch. Daneben standen Bänke, auf denen wir Platz nehmen konnten. „Kaiserlicher Service", scherzte Server, „bequemer als im Auto." Wir warteten auf das Öffnen des Tors. An diesem Tag war es seltsam, denn außer uns hatte niemand weiter gewartet. „Warum ist keiner da, glaubst du, es liegt am Montag?" „Ich weiß es nicht", Server zuckte mit den Achseln. Er schien etwas nervös. „Für gewöhnlich warten hier auch am Montag Autos", ergänzte Server. Wir aßen unser Frühstück zu Ende. Die verbliebenen

Essensreste kamen zurück ins Auto. „Jetzt bleibt uns nur noch abzuwarten, bis das Tor aufgeht." Server stieg ins Auto. Er schien an das Warten gewöhnt. Ich lief umher. Auf dem Schild vor dem Tor hieß es, dass das Depot von 8 bis 17 Uhr geöffnet sei. Am Sonntag war Ruhetag. Ich schaue auf die Uhr. Jetzt war es schon viertel nach acht. Endlich ging das Tor auf. Auch andere Fahrzeuge waren nun hinzugekommen. Server fuhr auf das Gelände. Er lenkte das Auto in die Nähe eines einstöckigen Gebäudes, das sich in einer Ecke des Hofs befand. „Wir sind da", Server stellte den Motor ab. Im Hof lagen Stapel von Balken, Brettern und Kanthölzern. Daneben standen zwei Kräne, die zum Beladen verwendet wurden. „Lass uns ins Gebäude gehen", sagte Server. Uns erwartete ein langer Flur. Vor der Tür mit dem Schild Sekretariat blieben wir stehen. Server klopfte an. Eine Frauenstimme bat uns einzutreten. „Ich warte hier im Flur, geh du hinein", sagte Server. Als ich hineinging, empfing mich eine schöne Frau. Sie musste eine Tadschikin aus dem Bergland sein, war mein Gedanke. Ich begrüßte Sie auf Usbekisch, da ich die tadschikische Sprache nicht beherrschte. Sie antwortete mit einem Kopfnicken, ohne den Blick vom Schreibtisch abzuwenden. Ich ging zum Tisch, um ihr die Frachtpapiere zu reichen. Sie blickte auf, „damit müssen Sie zu meinem Chef. Setzen Sie sich, Sie werden aufgerufen." Ich nahm Platz auf den Stühlen, die an die Wand angelehnt standen und schaute mich um. Der Raum schien gewöhnlich. Das Mobiliar war wie erwartet. Auf dem Tisch in der Ecke stand ein elektrischer Wasserkocher, daneben eine Dose mit grünem Tee. Alles wie gehabt, dachte ich. In der anderen Ecke befand sich ein Schrank mit Getränken. Es verging eine Weile, bis die Tür aufging und ein elegant gekleideter Mann hereinkam. Er verabschiedete sich von der Sekretärin und verließ das Zimmer. Die Sekretärin winkte mir zu, „Sie können jetzt reingehen." Ich betrat ein geräumiges Zimmer. Ein korpulenter Mann saß hinter einem massiven Tisch. Mein Eintreten schien ihn nicht zu kümmern. Er starrte auf den Schreibtisch. Der Mann scheint Probleme zu haben, dachte ich. Auf dem Tisch stand eine Teekanne. Daneben zwei gebrauchte Tassen. Wie nett wäre es, wenn er mir auch eine Tasse warmen Tee anbieten würde, dachte ich neidisch. Er reagierte nicht. Ich reichte ihm den Frachtbrief. „Wir brauchen Holz im langen Maß". Er holte einen Vordruck aus der Schublade, unterschrieb ihn und reichte ihn mir. „Zum Kranfahrer", sagte er. Ich ging zur Tür, aber meine Neugier zwang mich, mich noch einmal umzudrehen. Der Mann starrte nach wie vor die Tischplatte an. Auch meinen höflichen Dank hatte er überhört. Ich bedankte mich bei der Sekretärin und ging hinaus. Zufrieden schritt ich in den Flur. Server saß auf einem Stuhl, er wartete. „Schon fertig?" Er schaute verwundert. „Ist alles in Ordnung?" „Ja, wir sollen zum Kranfahrer", antwortete ich. Er schüttelte schweigend den Kopf. Wir gingen zum Truck, um ihn in die Nähe des Krans zu lenken. Ich ging zum Kranfahrer und gab ihm den unterschriebenen Vordruck. Er schaute kurz und begann darauf, unseren Truck zu beladen. In drei Zügen war das Beladen abgeschlossen, und er gab uns das Zeichen zum Abfahren. Server kletterte ins Auto. Das Beladen hatte gut funktioniert. Es war keine Stunde vergangen. Server schaute mich an, „kannst du zaubern?" „Für gewöhnlich dauert es mehrere Stunden." Ich war zufrieden. Mein Auftrag war erfüllt, den Rest hatte der Fahrer zu erledigen. Wir fuhren zum Tor und baten den Wachmann darum, passieren zu dürfen. Er ließ uns fahren, ohne noch einmal einen Blick auf die Frachtpapiere und das geladene Holz zu werfen. „Das ist eigentlich nicht üblich", sagte Server nachdenklich. Nach ein paar Häuserblöcken hielten wir bei einem Teehaus an. Neben dem Gebäude gab es einen Wasserhahn. In heißen Gegenden gehörten Wasserhähne an Teehäusern zur Grundausstattung. Wir wuschen uns zunächst die Hände und das Gesicht. Danach füllten wir die Wasserflaschen auf und machten uns auf unseren Weg nach Hause. Der Zwischenstopp hatte uns beiden gutgetan. Nach wenigen Stunden Fahrt passierten wir die Grenze der beiden Republiken. Hier erwartete uns die erste Überraschung. Mitten auf dem Weg standen zwei Männer. Einer von ihnen war hager und groß. Er trug eine Milizionäruniform.

An seiner Hüfte hatte er eine Pistole. Der andere war etwas untersetzt mit einem ernsten Blick. Er trug eine Lederjacke. Über seiner Brust hing ein Maschinengewehr. Den Lauf des Gewehrs hatte er auf uns gerichtet. Server drosselte die Geschwindigkeit. „Sieht aus wie ein Kommissar aus dem Kino", bemerkte er. „Was haben die vor?", fragte ich erstaunt. „Weiß ich nicht, die habe ich hier noch nie gesehen. Das Wachhaus war schon immer da, wir sind ja an der Grenze", fuhr er fort, während wir uns langsam den beiden Männern näherten. „Aber Leute mit Gewehren, die hab ich hier noch nie gesehen." Wir hielten an. Der Milizionär hatte die Waffe auf uns gerichtet und kam langsam auf uns zu. „Wohin fahren Sie?" Server nickte in meine Richtung, „er hat die Papiere." Ich reichte dem Milizionär meinen Ausweis und die Frachtpapiere. „Holz aus Osch für unsere Verwaltung, hier die Frachtpapiere." Er schaute auf die Papiere und reichte sie mir zurück. „Gute Fahrt." Server und ich schauten uns beide verwundert an. Wir waren froh, die Grenzkontrolle so unkompliziert passieren zu können. Zu dem Zeitpunkt haben wir natürlich nicht gewusst, dass unsere Probleme erst beginnen würden. Es kam der nächste Wachposten. Nach dem Zeigen der Frachtpapiere durften wir passieren. Nach einer Weile tauchte in der Ferne auch die Stadt Andijon wieder auf. Kurz vor dem Ortsschild trafen wir erneut auf eine Straßensperre. Wieder sahen wir uns einem Milizionär und einem Kommissar gegenüber. Beide waren schwer bewaffnet. Daneben versperrten große Betonblöcke in beide Fahrtrichtungen den Weg. Server versuchte es mit Erfolg über den Seitenstreifen. Danach kam die nächste Sperre. Ein strenger Milizionär forderte uns auf, eine Umleitung zu nehmen. Die Stadt war nicht erreichbar. „In Andijon stimmt etwas nicht", sagte Server. „Glaubst du, dass etwas passiert ist?" In mir wuchs ein ungutes Gefühl. Wir wussten nicht, dass unsere Vermutungen stimmten. Server lenkte das Fahrzeug in die Umleitung, damit wir einen Bogen um die Stadt machen konnten. Dieses Mal protestierte ich nicht. Auch Server verlor kein Wort. Bis zum nächsten Bezirk kamen wir voran. Danach wurden wir erneut angehalten. Ich reichte dem Milizionär bereitwillig die Papiere. „Ist etwas passiert?", fragte ich. „Nichts Besonderes, eine Prügelei im Stadion", erwiderte er. „Schon seltsam, ob gerade in diesem Moment die Prügelei stattfindet", murmelte ich in die Stille. Wir fuhren weiter. Ein gutes Stück von Andijon entfernt trafen wir auf die nächste Straßenkontrolle. Dieses Mal fragte uns der Milizionär gezielt nach unserer Ladung. Er ging ums Auto, um sich die Anzahl der Balken anzuschauen. „Im Lieferschein sind es genau sechzehn", sagte ich. Der Milizionär grinste, „ich bin am Bauen". Jetzt dämmerte mir, dass er das Holz brauchen würde. „Ich kann Ihnen leider nichts abgeben, im

Lieferschein sind sechzehn aufgeführt, und wir haben auch sechzehn Balken geladen." Er schien mich verstehen zu wollen. „Auf dem Truck sind mehr", er grinste schelmisch. „Sie dürfen sie gerne nachzählen", sagte ich, „wenn es mehr sein sollten, gehören sie Ihnen." Mir blieb keine Wahl, ich musste mich auf sein Spiel einlassen. Server und ich waren in Gefahr. Der Milizionär hätte uns umbringen und hier im Nirgendwo verscharren können. Unsere Leichen wären niemals gefunden worden. In der Bevölkerung hatte man oft von solchen Fällen berichtet. Oft hatte man solche Vorfälle wie Unfälle aussehen lassen. Der Milizionär fing an zu zählen, „neunzehn", sagte er, „das sind drei zu viel." Meine Angst wuchs, ich musste ihn loswerden. Also begann ich zu lügen. Ich duzte ihn. „Weißt du was, mein Freund, mein Kollege und ich machen solche Fahrten regelmäßig. Das nächste Mal bringe ich einfach ein paar Balken für dich mit. Wir können uns gerne absprechen. Das ist alles kein Problem." Der Milizionär schaute mich daraufhin sehr abwertend an. Ich versuchte seinen Blick zu erwidern. „Sehr gut, wir machen das so", sagte er schließlich. „Mein Haus kannst du da vorne sehen." Das noch rohe Mauerwerk befand sich etwa hundert Meter von der Straße entfernt. „Du kannst jederzeit vorbeikommen und das Holz dort lassen. Man wird dich bezahlen." „Danke", nach asiatischem Brauch legte ich die Hand aufs Herz, „ich komme vorbei." Er machte die gleiche

Geste. Daraufhin stiegen Server und ich wieder ins Auto. Server schaute mich aus dem Augenwinkel heraus an. „Sag mal, wann kommst du denn schon mal hierher? Der Typ ist das nächste Mal bestimmt wieder da, und was soll ich ihm dann erzählen?" „Lüge", war meine spontane Antwort. Das war nicht das letzte Mal, dass man uns angehalten hatte. Das Gleiche passierte uns nur wenige Kilometer später. Ich hatte das Gleiche erzählt, und Server und ich waren erneut davongekommen. Unser Rückweg war mühsam. Server konnte sich nicht daran erinnern, schon einmal etwas Ähnliches erlebt zu haben. Gegen Abend kamen wir auf dem Bauhof der Verwaltung an. Alle Fenster waren geschlossen, alle Lichter aus. Als ich nach Hause kam, nahm mich meine Frau in ihre Arme. „Bin ich froh, dass du zu Hause bist". „Wenn du wüsstest, was alles passiert ist." In ihren Augen standen Tränen. „Was ist denn passiert?" „Alle Nachrichten melden nur eines, Krawalle in Andijon." „Wir haben gesehen, dass die Straßen gesperrt waren, uns ist aber nichts passiert", versuchte ich sie zu beruhigen. Wir beide gingen zu Bett. Ich war furchtbar müde. Das Rütteln unseres Trucks hatte mich stark mitgenommen. Am nächsten Morgen überreichte ich meinem Chef den Lieferschein. „Der Truck mit dem Holz steht im Holzlager", sagte ich. Er schaute mich verwundert an. „Alles in Ordnung?" „Ja, das Holz ist da." „Wie war eure Fahrt, wie seid ihr durch das Fergana-Tal gekommen?" „Unsere

Rückfahrt war beschwerlich, an jeder Bezirksgrenze sind Straßensperren aufgebaut, man kommt nur mühsam vorbei. Überall stehen Milizionäre mit Maschinengewehren, die die Frachtpapiere prüfen." Mein Vorgesetzter schaute nachdenklich. „Man hat Andijon von allen Seiten abgeriegelt." Ich sah, dass er mir etwas Wichtiges mitteilen wollte. Dann begann er, „unsere Stadt ist vom Fergana-Tal abgeriegelt worden, „man hat außerhalb der Stadt einen etwa fünf Meter tiefen Graben in Richtung Fergana-Tal ausgehoben. Da kommt kein Transportmittel mehr durch. Überall sieht man Wachposten mit Maschinengewehren." „Was passiert da bloß?", fragte ich erstaunt. „Der Aufstand hat im Stadion begonnen und war dann auf die Stadt übergegangen. Es gibt Dutzende Tote. Man fürchtet, dass das Fergana-Tal in Flammen aufgehen könnte." Er sprach sehr leise. Mein Vorgesetzter hatte das kommunistische Regime, das Russland den zentralasiatischen Staaten aufgezwungen hatte, immer abgelehnt und hoffte auf sein baldiges Ende. Die Aufstände wertete er als erstes Zeichen. Der erste Durchbruch, der erste Schritt war getan. Das Regime wackelte.

Lenas Geschichte

Was bedeuten uns kurze Begegnungen? Wir grüßen einander, gehen aneinander vorbei, das ist schon alles. Dieses Mal sah ich sie wieder. Ich war beim Joggen unterwegs und machte zwischendurch immer mal ein paar Bewegungen für meinen Rücken, der mich ständig mit Schmerzen an sich erinnerte. Das machte ich fast jeden Tag, um mich fit und gesund zu halten. Dieses Mal war es wie immer, sie war mit dem Fahrrad unterwegs. „Darf ich Sie ein Stück begleiten?" Es rutschte mir von der Zunge. Sie nickte. „Mir ist aufgefallen, dass Sie oft mit dem Rad unterwegs sind." „Ich fahre mit dem Rad zur Arbeit, weil es nicht weit ist", antwortete sie. Es musste ihr Nachhauseweg sein, überlegte ich. „Was machen Sie eigentlich, wenn Sie nicht arbeiten, ich meine, in Ihrer Freizeit." Ich versuchte das Gespräch am Laufen zu halten. Neugierig schaute sie mich an. Ich erzählte ihr, dass ich momentan an einem Buch arbeiten würde. „Wovon schreiben Sie in Ihrem Buch", wollte sie gerne wissen. „Ich schreibe die Geschichte meiner Vorfahren auf." Sie schwieg lange. Ich schaute sie an, in ihrem Gesicht regte sich etwas. Offenbar kämpfte sie mit dem Verlangen, sich mir anzuvertrauen. „Entschuldigung, darf ich Sie nach Ihrem Namen fragen?" „Lena", sagte sie nach einem kurzen, nachdenklichen Schweigen. Mit ruhiger Stimme fuhr Sie fort: „Ich könnte Ihnen auch einiges von meinen Vorfahren erzählen." Ich schaute sie staunend an. „Echt?" Sie schaute mich abschätzend an, „ja, warum auch nicht." „Möchten Sie nicht auch, dass Ihre Vorfahren nicht vergessen werden?" „Ja natürlich möchte ich das", gab ich als Antwort zurück. Wir kamen zu ihrer Wohnung. „Wann können wir uns denn über das Thema unterhalten?" „Jetzt", sagte sie, „wenn Sie wollen?" Ihr Ausdruck war freundlich. „Danke, ich freue mich." Wir gingen in die Wohnung, ein kleiner Flur führte uns ins Wohnzimmer. In ihrer Wohnung war es sauber. Ein weißes Sofa mit Kunstlederüberzug stand mitten im Zimmer. Ein Teil des Zimmers war durch eine Wand aus Holz abgeteilt. Durch ein kleines Zimmerchen, das ihr als Küche gedient hatte, kam man durch einen schmalen Flur in das Schlafzimmer. Mir fielen in diesem Augenblick die zahlreichen Ikonen an der Wand auf. Lena blieb vor den Ikonen stehen. Das sind alles neue Ikonen. Sie müsste Russin sein, war mein Gedanke. Lena erzählte später, dass sie gebürtig aus der Ukraine stammt. „Meine Enkel haben mich vor kurzem besucht", sagte sie traurig, „sie haben die Plätze aller Ikonen vertauscht. Nachher muss ich sie alle wieder richtig platzieren. Jede Ikone hat Ihren Platz." Religion machte neugierig, weil sie unser Innerstes berührt. „Welche Kirche besuchen Sie denn am Sonntag?" „Ich besuche keine Kirche, weil ich mit vielen Dingen in der Kirche nicht einverstanden bin." Ich machte große Augen. „Ich bete zu Hause", sagte sie endlich. „Ich würde gerne mal die russische orthodoxe Kirche in Wiesbaden besuchen, ich habe schon viel darüber gehört." „Ich habe diese Kirche erst vor kurzem besucht", antwortete ich. „Es ist ein prachtvolles Gebäude, innen stark mit Gold verziert, eine echte Sehenswürdigkeit." „Mein Mann war katholisch", Lena überlegte, „ihm waren die Ikonen und ihre Anordnung sehr wichtig gewesen. Wir haben auch unsere Kinder christlich erzogen. Unsere beiden ältesten Kinder haben die Sonntagsschule besucht. Dort wurde auch Latein unterrichtet." Das Gespräch brach abrupt ab, denn im Flur hatte das Telefon geklingelt. Lena hob ab, niemand antwortete. „Das geht schon zwei Tage so. Wenn ich abhebe, antwortet niemand." Sie machte ein besorgtes Gesicht und wechselte das Thema. „Meine Urgroßeltern waren Grafen." Ich hörte interessiert zu. „Sie besaßen Porzellanwerke in der Ukraine", fuhr sie fort. „Weil sie mit Nachnamen Kowaltschuk hießen, nannten sie ihre Porzellanwerke, Kowal. Sie waren weit über die Grenze der Ukraine bekannt. Meine Oma, an die kann ich mich noch gut erinnern, hat mir oft von ihren Eltern erzählt. Sie haben in einem schönen Haus gelebt und hatten sogar Personal, das sich um die täglichen Belange kümmerte. Sonntags gingen alle zur Kirche. Alle waren gut gekleidet. Nach dem Gottesdienst wurde gemeinsam gegessen. Der Rest des Tages wurde ganz den Kindern gewidmet. Zum Zeitvertreib besuchte man oft das ansässige Theater oder führte Stücke im Garten auf. Meine Urgroßmutter hatte die Werke Fjodor Dostojewskis geliebt. Diese Liebe hatte sie auch an ihre Tochter weitervererbt. 'Ohne die Bücher dieses Schriftstellers kann ich mir mein Leben nicht vorstellen', pflegte meine Urgroßmutter zu sagen. „An den Vorstellungen nahmen alle Verwandte, Freunde und Nachbarn teil. Man lachte viel, klatschte in die Hände und genoss die gemeinsame Zeit. Die Porzellanfabriken wurden von meinem Urgroßvater geführt. Sie liefen gut und erzielten gute Gewinne. Eines Tages kam die Revolution, mein Urgroßvater war damals einer der reichsten Männer der Ukraine. Natürlich war er der Erste, der der Willkür zum Opfer gefallen ist. Eines Nachts wurde er von Polizisten abgeholt, die Familie wurde enteignet. Das gesamte Vermögen, das Haus, die Porzellanfabriken gingen an den Staat." Ich lauschte Lenas Erzählungen. „Dann sind Sie die Nachfahrin einer Grafenfamilie", fragte ich sie interessiert. „Das stimmt", gab sie selbstbewusst zur Antwort. „Nach der Enteignung ging es meinen Vorfahren sehr schlecht. Die Familie meines Urgroßvaters war sehr kinderreich gewesen. Meine Urgroßmutter hatte acht Kinder. Meine Oma war die jüngste Tochter der Dynastie Kowaltschuk. Gemeinsam mit ihrer Mutter und ihren Geschwistern wurde sie nach Kasachstan verbannt. Das kann man sich heute gar nicht mehr vorstellen. „Es war tiefster Winter. Am schlimmsten war die Kälte. Die Familie überlebte in einer Erdhütte. Unglaublich, dass es so etwas noch im zwanzigsten Jahrhundert gegeben hat. Für etwas anderes hatte man kein Geld. In diesem Unglück hatten meine Vorfahren aber auch Glück gehabt." Ich schaute Lena an, mich schüttelte es, als ob ich frieren würde. Ihr Gesicht war blass. Wie kann man da bloß von Glück sprechen, dachte ich. „Die Einheimischen haben meinen Vorfahren geholfen, sie halfen beim Bauen, aber ebenso gewährten sie den kleinsten Kindern Unterschlupf in ihrem Haus. So waren wenigstens die Kinder versorgt und sicher. Dank ihnen blieben die Kinder am Leben", wiederholte Lena. „Es gab keine Hilfe durch den Staat. Stattdessen wurden meine Vorfahren zur Arbeit in den Kohleminen gezwungen. Meine Oma hat mir oft von ihrem schweren Weg nach Kasachstan erzählt. Unterwegs gerieten sie unter Beschuss. Vier Kinder kamen dabei ums Leben. Das war natürlich schlimm", Lena standen die Tränen in den Augen. Ich schaute Lena an. „So vergingen die schweren Jahre. „Irgendwann wurde meine Großmutter erwachsen und heiratete. Nach der Heirat nahm sie den Namen ihres Mannes an, Nikoljuk. Ihr Mann war ebenfalls Ukrainer und ein wenig vermögender als sie. Meine Großmutter wurde schnell Mutter einer Tochter und danach von Zwillingen. Nach ein paar Jahren bekamen sie die Erlaubnis, zurück in die Ukraine zu ziehen. Dort bekam meine Großmutter dann noch vier weitere Kinder. Erneut waren Zwillinge unter ihnen. Ihr Rückzug war sehr beschwerlich, mit Ochsenkarren machten sie sich auf den Weg in die Heimat. Andere Transportmittel konnten sie sich nicht leisten. Sie waren drei Monate unterwegs, über Berg und Tal, denn Straßen waren selten. Ich glaube, dass sie allein mit Gottes Hilfe in der Ukraine angekommen sind. In der Ukraine angekommen, suchten sie nach verbliebenen Verwandten. Das waren diejenigen, die mit den Kowal-Porzellanfabriken nicht in Verbindung gestanden hatten. Mein Großvater hatte in der Ukraine daraufhin ein wenig Glück gehabt. Er durfte an der Reparatur von Lokomotiven mitwirken. Auch sein Bruder hatte die gleiche Anstellung gefunden. Leider sollte das Glück nicht lange währen. Jemand beschuldigte meinen Großvater, Dinge veruntreut zu haben. Als Strafe wurde er zur Minenarbeit verurteilt. Damals mussten auch Frauen in Minen arbeiten, sie machten die gleiche Arbeit wie Männer. Auch Kinder waren betroffen." „Was ist mit dem Rest der Familie passiert, sind sie in Kasachstan geblieben?", fragte ich. „Nein, im Jahre 1927 kam die Repatriierung, auch sie zogen zurück in die Ukraine. Die meisten fanden Arbeit in den Traktorenwerken in Charkow. Das half ihnen, auf die Beine zu kommen.

Dann kam der Zweite Weltkrieg, und die Traktorenwerke aus Charkow wurden nach Kasachstan überführt, dort sollten sie Panzer für den

Krieg produzieren. Man deportierte auch die Familien, die in den Traktorenwerken Arbeit gefunden hatten. Opa, der aus der Minenarbeit entlassen worden war, wurde in Kasachstan Lokomotivführer. Erneut verfolgte ihn das Unglück. Er bekam den Befehl dazu, Panzer in das Kriegsgebiet zu bringen. Unterwegs wurde sein Zug bombardiert, und er trug schwere Verletzungen davon. Schwer verwundet kam er in die Gefangenschaft rumänischer Soldaten, die ihn daraufhin in ein Konzentrationslager brachten. Kurz darauf versuchte mein Großvater zu fliehen. Mit zwei Kameraden brach er in der Nacht auf. Sie hatten nur wenige Kilometer geschafft, bis sie eingeholt wurden. Die Flucht führte dazu, dass sich das verletzte Bein meines Großvaters weiter entzündete. Der Lagerarzt amputierte, ohne zu zögern. Danach kam er in ein Lager in Königsberg. Weitere sollten folgen, bis in das Jahr 1966 hinein. Zu diesem Zeitpunkt war Stalin zwar tot, seine Gräueltaten aber noch lebendig. Ich war zu dieser Zeit noch nicht auf der Welt", sagte Lena. „Großmutter erzählte, dass man ihm vorwarf, freiwillig in deutsche Gefangenschaft gegangen zu sein. Einige Zeit später kam er durch einen Austausch in russische Gefangenschaft, und man verbannte ihn in ein Lager nach Sibirien. Dort war er dann so lange, bis er seine Schuld verbüßt hatte und man ihn nach Hause gehen ließ. Auf einem Pferdewagen machte er sich auf den Weg. Sie waren schon in der Nähe des

Hauses, als er vom Wagen stieg, um die letzten Meter zu gehen. Meine Großmutter lebte damals in Kasachstan, auf der Station AK-Kuhl. Etwa hundert Meter vom Haus brach er zusammen. Er starb an Herzversagen. Wenn meine Großmutter einmal anfing zu erzählen, konnte man sie selten unterbrechen. Sie weinte dann sehr viel und erzählte, wie schlecht es ihnen zu dieser Zeit gegangen war, sie waren verlaust, mangelhaft gekleidet und hungrig. An den Füßen trugen sie Schuhe aus Baumrinde, Sommer wie Winter." „Haben Sie noch Informationen aus dieser Zeit, gibt es Tagebuchaufzeichnungen", fragte ich. „Das weiß ich gar nicht, nur mein Bruder hat sich mal dafür interessiert. Er hat auch noch viele Bilder. Nach dem Zweiten Weltkrieg hatte meine Großmutter die Ukraine wieder besucht. Sie hatte überlegt zurückzukehren, aber ihre Geschwister, die während des Krieges in der Ukraine geblieben waren, haben sie nicht aufgenommen. Ihre Geschwister fühlten sich durch sie verlassen. Sie hatten die harten Zeiten unter deutscher Belagerung überlebt. Meine Großmutter aber hatte nach ihrer Meinung das Leben in Freiheit in Kasachstan verbracht. Von den Entbehrungen, von ihrem Leid, hatten sie nichts gewusst. Sie kehrte nach Kasachstan zurück. Viele Jahre nach dem Krieg ging es unserer Familie besser, und wir fingen an, auf die Beine zu kommen. Mein Onkel hatte es sogar zum Richter in Selenograd geschafft. Leider meinte es sein Schicksal auch nicht gut mit ihm. Man brachte ihn um, weil er seine Arbeit gewissenhaft ausübte und das Verbrechen ehrlich bekämpfte. Mein anderer Onkel, Wassili, der Ältere, arbeitete in Tschardara als Ingenieur für das Wasserwesen. Er ist sogar in die Partei eingetreten, um seine Loyalität zu beweisen."

Bei so viel Verwandtschaft schweifte Lena etwas ab. „Eines Tages habe ich zufällig eine junge Frau in einer Arztpraxis getroffen", sagte Lena. „Ihr Gesicht kam mir sehr bekannt vor, und ich fragte sie, ob sie die Tochter von Warwara Nikoljuck sei." „Nein", war ihre Antwort, „ich bin das Enkelkind." „Wie haben Sie die Frau erkannt?", fragte ich sie. „Ich habe mich an die Ähnlichkeit mit manchen Fotografien erinnert. Meine Freude war groß, eine Verwandte von der Seite meines Vaters wiederzutreffen." Lena schaute mich grinsend an. „Können Sie sich vorstellen, womit die Mutter meines Vaters ihr Geld verdient hat?" „Nein", sagte ich, „woher auch." „Sie war Kartenspielerin und hat ihre Mitspieler oft betrogen." Lena schwieg zunächst. Als sie wieder anfing zu sprechen, klang ihre Stimme verbittert. „Sie starb im Alter von 102 Jahren, das Kartenspielen schien ihr gutgetan zu haben. "Hier brach Lena die Geschichte ihrer Vorfahren ab. „Mehr von meiner Familie erzähle ich dir gerne das nächste Mal, wenn du möchtest", sagte sie. Wir fingen uns scheinbar an zu duzen. Ich ging mit gemischten Gefühlen nach Hause. Lenas Erzählung hatte mich mitgenommen.

Es verging ein Monat, bis ich Lena wieder in ihrer Wohnung besuchen konnte. Bei meinem letzten Besuch hatte ich die Erzählung von ihren Urgroßeltern aufgeschrieben. An diesem Tag hatte ich mir vorgenommen, mehr über ihre Eltern zu erfahren. Sie schaute mich lächelnd an, „du willst alles wissen, was?" Lena fing an zu erzählen. „Ich mochte meinen Vater sehr. Er war zunächst Kraftfahrer. Nach wenigen Jahren als Kraftfahrer wechselte er zur Eisenbahn. Er war ein heller Kopf", sagte Lena. „Bald wurde er befördert und wurde zum Vorgesetzten einer kleinen Eisenbahnstation. Nach dem Zweiten Weltkrieg heiratete er meine Mutter. Das genaue Datum kenne ich nicht. Mein Vater war bereits einmal verheiratet gewesen. Aus dieser Ehe hatte er auch zwei Kinder, einen Sohn, Wladimir, und eine Tochter, an deren Namen ich mich nicht erinnere. Mein Vater hieß mit Nachnahmen Knisch. Meine Mutter hatte nach der Hochzeit ihren Nachnamen Nikoljuk abgelegt und den Namen Knisch angenommen. Meine Eltern wurden beide auf der auf der Eisenbahnstation Akul geboren. Sie gingen beide in dieselbe Schule. Zu der Zeit gab es dort nur acht Klassen. Wie mein Großvater vor ihm, hatte auch mein Vater viele Kinder und ich damit viele Geschwister. Als Ältere musste ich natürlich auf die jüngeren aufpassen. Auch die ganze Hausarbeit fiel auf mich zurück. Wir lebten auf dem kleinen Bahnhof, in dem mein Vater es zum Vorgesetzten gebracht hatte. Im Winter war es bitterkalt. Den Warteraum für die Gäste hatten wir nicht beheizt. Nicht immer bot sich den Gästen die Gelegenheit zur Weiterfahrt. Mein Vater hatte die Gäste dann eingeladen, zu uns nach Hause zu kommen. Meinem Vater waren Menschen wichtig. Wenn es nichts zu Essen zu Hause gab, bekamen die Gäste wenigstens einen warmen Tee. Meine Mutter stand dabei immer hinter ihm. So schlossen wir viele Freundschaften. Viele kamen später aus Dankbarkeit zu Besuch und brachten uns Geschenke. Unsere Tür stand immer offen. Für meine Eltern war Gastfreundschaft sehr wichtig, und ich glaube, das haben alle gespürt. Meine Mutter hatte meinen Vater mit 18 geheiratet. Ich habe nur seinen Sohn Wladimir kennengelernt. Ich mochte Wladimir sehr. Ich erinnere mich noch an den Tag, als ich ihn kennengelernt hatte. Er trug ein kariertes Hemd. Seine Hose war großzügig geschnitten, und er hatte Hosenträger. Er hatte blaue Augen. Irgendwann war Wladimir dann einfach verschwunden. Als die Sowjets das öde Land in Kasachstan brauchbar machen wollten, zwang man uns zum Umzug. Neben vielen anderen lebte die Familie in einem Eisenbahnwaggon. Der Waggon war in drei Teile durch Betttücher eingeteilt. Meine Eltern waren sehr in Sorge um die kleinen Kinder.

Ständig ermahnten sie mich, pass auf die Kleinen auf, Lena. Geschlafen wurde auf einem aus Brettern zusammengebauten Bett. Im Waggon herrschte Kälte. Meine Mutter wurde schwanger und brachte meinen kleinen Bruder, Wasja, zur Welt. Auch sie musste als Lageristin auf der Eisenbahnstation arbeiten, um unser Überleben zu sichern. Die sehr schwere Arbeit bekam ihr nicht gut. Kurz darauf zog sie sich einen Leistenbruch zu. Es gab Komplikationen, und sie kam sogar ins Krankenhaus. Ich erinnere mich, dass wir Kinder wegen der Sorge um unsere Mutter damals sehr geweint hatten. Meine Mutter hatte danach aber Glück und bekam die Stelle des Heizers zugewiesen. Das war natürlich auch anstrengend, aber besser als die Stelle zuvor. Auch wir Kinder haben geholfen, wo wir konnten. Meine Mutter wurde erneut schwanger, und ich bekam ein kleines Geschwisterchen. Sascha wurde im Gegensatz zu Wasili in einem Krankenhaus in der Nähe der Eisenbahnstation geboren. Ich war damals gerade mal fünf Jahre alt.

„Eines Tages besuchten wir meine Oma. Dort traf ich auch meinen Halb-Stiefbruder, Wladimir, wieder. Meine Oma hatte ihn aufgenommen. Mein Vater mochte Kinder gerne. Ich erinnere mich, wie er zu Silvester immer den Weihnachtsbaum geschmückt hatte. Süßigkeiten, Nüsse, alles, was gerade bei der Hand war. Meine Mutter dirigierte aus dem Hintergrund. Sie hatte meinen Vater gut im Griff",

Lena lachte herzhaft auf. „Nach einiger Zeit im Eisenbahnwaggon zogen wir um. Meine Mutter bekam eine Stelle als Kassiererin zugewiesen. „ Ärzte hatten ihr verboten, schwere Arbeit zu verrichten. Das kleine Dorf, wo wir hinzogen, hieß Kuibischewskoe. Das Leben wurde angenehmer. Nur eines störte meine schöne Idylle. Mein Vater wurde meiner Mutter untreu. Ich habe es das erste Mal bemerkt, als ich acht Jahre alt war. Danach half ich meiner Mutter umso mehr. Ich wollte es einfacher für sie machen. Schon mit sieben Jahren konnte ich Wolle spinnen. Damit half ich meiner Mutter an langen Winterabenden. Ich räumte auf, putzte das Haus und passte auf die Kinder auf. Eines Tages kam mein Vater nach Hause und sah den schmutzigen Fußboden. Er schüttete einen ganzen Eimer Wasser auf den schmutzigen Fußboden und sagte mir, dass ich ihn saubermachen sollte. Eines muss ich meinem Vater doch zugutehalten, er hat uns Kinder alle gleich behandelt. Ich erinnere mich, dass meine Brüder bügeln mussten. Das brachte ihnen mein Vater bei, als sie anfingen, zur Schule zu gehen. Meine Kindheit hatte auch schöne Momente. Eines Tages brachte mein Vater einen Tannenbaum nach Hause. Er baute ihn im Hof auf, damit alle Kinder vom Dorf um ihn herum feiern konnten. Zum Neujahr wurde er mit Süßigkeiten geschmückt und sogar beleuchtet. Unsere strahlenden Gesichter waren die größte Belohnung für ihn gewesen. Im Winter konnten wir auch Schlittschuh fahren. Dann wurde einfach Wasser auf den Geländeboden gegossen. Die Schlittschuhe hatte mein Vater selbst gemacht. Sie waren primitiv, man konnte aber darauf laufen. Auch Ski hatte mein Vater selbst gefertigt. Ich habe als Kind sogar an Bezirks-Meisterschaften im Biathlon teilgenommen und gewonnen, auch Schießen hatte ich gelernt. Mein Vater hat für uns Kinder auch mal ein Karussell gebaut, weil ihn meine Mutter darum gebeten hatte. Auch eine Schaukel stand im Garten. Ich war ein aufgewecktes Kind und hatte sehr viel Phantasie. Ich las gerne und viel. Die Bücher bekam ich aus der Schule. An viele von ihnen kann ich mich heute noch erinnern. Ich habe als Kind auch Tagebuch geführt, um meine Geschichte und die Geschichte unseres Dorfes festzuhalten. Mein Tagebuch hat meine Schule später ausgestellt. Auch Reiten hatte ich gelernt. Mein älterer Bruder brachte es mir bei. An mein erstes Mal auf dem Pferd kann ich mich gut erinnern. Mein Bruder setzte sich aufs Pferd und lief auch vorne her. Plötzlich tauchte vor uns ein Matschloch auf. Mein Bruder lief um das Loch, das Pferd jedoch stolperte, ich fiel nach vorne Hals über Kopf direkt in den Schlamm. Mein Bruder hat bis zum Umkippen gelacht. Das war dann meine erste Reitstunde. Meiner Sturheit hatte ich es zu verdanken, dass ich es nach drei Tagen doch gelernt habe. Ich war überglücklich und plapperte darüber sogar im Schlaf."

„Erzähl mir doch etwas von deinen Eltern", bat ich Lena. „Mein Vater ist vor Jahren verstorben. Meine Mutter ist noch am Leben. Mein Vater trank regelmäßig Alkohol, immer vor dem Mittagessen. Er war aber selten betrunken, vielleicht bei Hochzeiten oder Geburtstagsfeiern. Meine Großmutter pflegte den Brauch, immer 50 ml Schnaps vor dem Mittagessen zu trinken. Sie wurde 99 Jahre alt." Lena lachte. „Im Gegensatz zur Mutter meines Vaters war meine Mutter sehr aufrichtig und ehrlich. Die Eisenbahngesellschaft hatte ihr vertraut, ebenso die Gäste, alle Frachtpapiere und Waren gingen durch ihre Hände. Ich hatte damals eine Art Gabe, ich habe gewusst, was in den vielen Kartons war, die bei uns täglich ankamen, ohne sie öffnen zu müssen. Keine Ahnung, wie ich das gemacht habe." Lena runzelte die Stirn. Um an unser vorhergegangenes Gespräch anzuknüpfen, wechselte ich das Thema. „Hat deine Mutter denn je erfahren, dass dein Vater untreu war", fragte ich interessiert. „Die Frage ist sehr privat. „Du musst natürlich nicht darauf antworten." „Ich kann es dir erzählen. Meine Mutter wusste lange nichts darüber. Eines Tages musste sie ins Krankenhaus. Während dieser Zeit besuchte uns eine junge Frau, die vorgab, unserem Vater mit den Kindern zu helfen. Das hatte sie auch getan, sie half mir bei der Wäsche und der Hausarbeit. Als wir damit fertig waren, blieb sie einfach bei uns. Als meine Mutter aus dem Krankenhaus zurückkam, fragte sie mich, was in ihrer Abwesenheit geschehen war. Ich erzählte ihr von dem Besuch und dass die Dame über Nacht in dem Zimmer meines Vaters geblieben war." Damit endete unser Gespräch. Die Erinnerungen waren einfach zu traurig gewesen.

Eine Woche später traf ich Lena wieder. Sie kam mir auf ihrem Fahrrad entgegen. „Guten Tag, wir haben heute wunderbares Wetter, findest Du nicht auch?" „Ja, das Wetter ist schön. Ich bin zum Pilze sammeln unterwegs, begleitest Du mich ein Stück?" Diese warme russische Seele, dachte ich. „Ich komme gerne ein Stück mit." So gingen wir spazieren. Unterwegs kamen wir an ein paar Butterpilzen vorbei, die Lena behutsam abschnitt. „Komm doch mit zu mir nach Hause", sagte sie, dort kann ich dir von meiner Kindheit erzählen und uns gleichzeitig etwas zum Essen kochen. Ich habe gleich in der Nähe geparkt." „Ich hole nur mein Auto und komme dann nach." Zehn Minuten später stand ich vor ihrer Haustür. Sie ließ mich bereitwillig eintreten. Auf dem Tisch lag eine schöne Tischdecke. Auf der Tischdecke in einem Teller lag ein großes Stück Torte. „Hast du Hunger", fragte sie. „Bitte iss du nur und erzähle mir von deiner Jugend", war meine Antwort.

„Hm, wo soll ich anfangen", fragte Lena. „Fangen wir doch bei deiner Schulzeit an", war meine spontane Antwort. Lena nickte. „Ich war nur eine mittelmäßige Schülerin gewesen, auch habe ich die anderen immer gerne gestört. Damals wurde man als Kind ja noch bestraft. Oft wurde ich des Klassenraums verwiesen. Ich wartete dann im Flur, bis ich wieder hereingerufen wurde. Eines Tages, ich war damals in der vierten Klasse, hatte mich ein Lehrer in den Klassenraum eingeschlossen. Ich wartete, doch es passierte nichts. Vielleicht hatte man mich ja auch vergessen. Also schlug ich mit voller Wucht die Scheibe ein und kletterte das Regenwasserrohr herunter. Danach ging ich entspannt nach Hause. Zu Hause hatte ich nichts erzählt und hoffte schon, damit davonzukommen. Am späten Abend tauchte dann der Lehrer auf und wollte gerne mit meiner Mutter sprechen. Auch ich wurde hinzugerufen und rechtfertigte mich. Mein Vater hatte nur gegrinst, meine Mutter war außer sich. Alles endete damit, dass mein Vater die Scheibe neu verglasen musste. Ich wurde aber niemals wieder in den Klassenraum gesperrt." Lena lachte auf. „Es war nicht das letzte Mal, dass mein Vater wegen mir eine Scheibe verglasen musste. Ich war eine echte Rabaukin. Eines Tages haben meine Brüder und ich versucht, Brieftauben auszubilden. Wir wollten, dass sie Kindern in fremden Ländern berichten würden, wie wir leben. Unser Ziel war ehrenhaft, die Umsetzung nicht. Bei einem Einbruch in einem Speicher, die Tauben hatten in solchen damals genistet, wurden wir erwischt. Der Dorfpolizist brachte uns nach Hause, meine Brüder weinten. Den Eltern wurde eine Geldstrafe auferlegt, sie waren mächtig sauer. Ich erinnere mich auch noch, wie einer meiner Klassenkameraden einen Tunnel unter der Schule entdeckt hatte. Der Zweck des Tunnels war uns unklar. Heute glaube ich, dass er früher für militärische Zwecke gebraucht worden ist. Der Tunnel war verwahrlost und groß. Mit zwei Klassenkameraden machte ich mich auf den Weg zur Erkundung. Unterwegs entdeckten wir eine Reihe von Unterrichtsmaterialien, zum Beispiel Skelette für den Biologieunterricht. Man entdeckte uns, als wir wieder herauskamen. Es stellte sich heraus, dass der Tunnel lediglich einem weiteren Mann bekannt war, der für die Reinigung angestellt worden war, das hatte er zumindest gesagt. Bezahlt wollte er gewesen sein von dem Besitzer eines Dorfladens. Weitere Gründe haben wir nicht erfahren. Nach unserer Entdeckung fing die Schule an, den Tunnel nutzbar zu machen. Das war tatsächlich meine schulische Karriere."

„In der Schule konnte ich mich ausleben, zu Hause dagegen musste ich sehr viel mithelfen. Wäsche waschen, damals gab es ja noch keine Waschmaschinen, Boden wischen, Geschirr spülen, die gesamte Bandbreite. Manchmal bluteten mir sogar die Hände. Meine Brüder waren im Stall beschäftigt. Am meisten haben mir immer die Ferien gefallen. Mein Vater nahm uns dann mit zum Fluss, fast eine ganze Woche lang. Wir angelten, sammelten Beeren und Pilze und genossen das Leben. Mein Vater liebte Himbeersaft, also sammelten wir möglichst viele Himbeeren, die wir dann in einem großen Topf einkochten. Die Fische wurden eingesalzen, um sie haltbar zu machen. Als Jugendliche feierte ich nicht gerne. Feste waren mir zuwider, mit einer Ausnahme, dem Fest der Eisenbahner. Es wurde Musik gespielt und auf dem Bahnsteig gefeiert. Die Menschen hatten sich verkleidet, es wurden Theaterstücke aufgeführt. „Ich kann mich daran erinnern, dass einige Eltern vom Enthusiasmus und Lebensmut ihrer Nachkömmlinge so angesteckt waren, dass sie selbst neuen Lebensmut fanden. „Wir haben das Eisenbahnerfest jedes Jahr gefeiert. Meine erste kleine Liebe war ein Klassenkamerad, den ich eigentlich nicht gemocht hatte. Er war jemand, der immer gute Noten hatte. Eines Tages riss er mich am Haarzopf und lief davon. Ich überlegte nicht lange, griff nach einem Stuhl und warf ihn dem Jungen nach. Der Stuhl schlug ihm gegen den Rücken, und er fiel zu Boden. Er weinte und ging aus dem Klassenzimmer. Zum Glück ist nichts Schlimmes passiert. Nach dem Unterricht kam der Junge zu mir und fragte mich, wann ich endlich erwachsen werden wolle. Ich war damals sechzehn Jahre alt. Der Junge schaute mich an, und es war um mich geschehen. Sein seltsamer Blick hatte etwas in mir verändert. Als ich am nächsten Tag in die Schule kam, erkannte man mich nicht wieder. In der Nacht hatte ich mir eine neue Schürze genäht, die ich jetzt trug, meine Haare waren ordentlich zusammengebunden, und ich hatte mir die Sonntagsschuhe angezogen. Früher hatten mich meine Klassenkameraden Füchsin genannt, weil ich keinem Streit aus dem Weg ging und aus jedem Streit ungeschoren davonkam, später kam der Spitzname Vater Machno, der Name des ehemaligen Volkshelden dazu, weil ich die Meute immer angeführt hatte, doch mit sechzehn Jahren war ich zu einer schönen Frau herangewachsen. Mein Verhalten, meine Kleidung, alles hatte sich irgendwie verändert. Ich konnte zu dieser Zeit gut häkeln und versuchte damit meinen Kragen und meine Manschetten aufzuhübschen, um meinen eigenen Stil zu finden. Von Sex hielt ich mich erst einmal fern. Aus den Romanen wusste ich, was es ist, so etwas wie Aufklärung hat es zu dieser Zeit ja nicht gegeben. Eines Tages traf ich dann auf einen Jungen, der mir gefiel. Der Junge war Kasache. Aber mein Vater hatte es gemerkt und war dagegen. Ich liebte den Jungen, und der Junge liebte mich, doch mein Vater hielt unsere Sitten und Bräuche für zu unterschiedlich und sprach sich gegen die Beziehung aus. Den ersten Kuss bekam ich in der achten Klasse. Ich traf einen Jungen aus der Nachbarschaft im Kartoffelfeld des Dorfes wieder. Er drückte mich an sich und küsste mich einfach. Ich erschrak und versetzte ihm einen Schlag in seine Bauchgrube. Wenn ich zuschlug, dann immer mit voller Wucht. Ich konnte mich immer gut verteidigen."

„Meine Leidenschaft aber war das Lesen. Ich stand in der Nacht auf, um die Hausarbeit zu erledigen und danach Zeit für das Lesen zu haben. Das habe ich gerne vor der Schule gemacht." „Hat denn jemand von deinen Kindern deine Liebe zum Lesen geerbt?", fragte ich. „Nein, sie lesen zwar alle gerne, aber nicht so gerne, wie ich es getan habe und immer noch tue. Ich habe das irgendwie in meiner Kindheit mitbekommen. An den langen Winternächten saß man gemeinsam im Wohnzimmer, meine Mutter nahm sich dann ein Buch, die älteren Kinder haben Wolle gesponnen oder strickten Socken, meine Brüder flochten Netze, und mein Vater stand mit Rat und Tat zur Seite. Meine Kinder machen das heute genauso, sie sitzen auch mit meinen Enkeln abends gemeinsam im Wohnzimmer, lesen, helfen bei den Hausaufgaben und tauschen sich aus. Nur mein jüngster Enkelsohn, Nikola, ist im Lesen nicht ganz so fleißig", Lena lächelte.

„Nach der Schule begann ich eine Ausbildung als Agronomin. Leider hatte meine Klasse Pech. Weil nicht genügend Lehrkräfte zur Verfügung standen, wurde unsere Klasse aufgelöst. Nach der Auflösung bot man uns einen Beruf als Koch, Bauarbeiter oder Melker an, auch Spezialisten fürs Traktorenfahren hatte man gesucht. Ich hatte mich für die Stelle als Traktorfahrerin entschieden, weil die Ausbildungszeit nur acht Monate betragen hatte. Wirkliches Interesse dazu verspürte ich aber nicht. In meiner Klasse waren fünf Mädchen, drei Russinnen und zwei Kasachinnen. Als ich nach der Theorie dann fahren durfte, verspürte ich Angst. Setz dich rein und fahr, hatte der Lehrer grob gesagt. Ich legte den Gang ein und drückte das Gaspedal durch, der Traktor heulte auf und fuhr los. Auf meinem Weg verhakte ich mich in einem Seil, ohne es selbst zu merken. Zufällig schaute ich zurück, mein Ausbilder rannte hinterher, er fuchtelte mit den Händen und schrie. Das konnte ich natürlich bei dem Lärm des Traktors nicht hören. Ich sollte anhalten, so hatte ich sein Fuchteln verstanden. Ich hielt an, er schimpfte und schrie wie ein Rohrspatz. Das war dann meine erste Traktorerfahrung."

„Erzähl mir doch etwas von deinem verstorbenen Mann", bat ich Lena. Ich hoffte, so ein wenig mehr über sie als erwachsenen Menschen zu erfahren. Lena begann. „Nach meiner Ausbildung zur Traktorfahrerin, ich hatte die Prüfung mit der Note 'gut' abgelegt, schickte man mich gemeinsam mit den anderen Lehrlingen in einen landwirtschaftlichen Betrieb. Gemeinsam mit den anderen bekam ich den Auftrag, Sämaschinen zu bedienen, um die Frucht in die Erde zu bringen. Auf einer Feier danach habe ich dann zum ersten Mal meinen zukünftigen Mann gesehen. Er war mittelgroß und ziemlich hager. Als meine Freundinnen und ich dann später in das Wohnheim umzogen, das uns der Betrieb zur Verfügung gestellt hatte, traf ich ihn erneut wieder. Auf seinem Haupt balancierte er, mit beiden Händen stützend, einen Lattenrost. Hör mal, kann ich mich oben draufsetzen, hatte ich keck gefragt. Ich kann dich gerne mit tragen", gab er als Antwort. Ich lachte, 'lieber nicht, ich würde dich in den Boden drücken.' „Danach kam er zu uns ins Zimmer. Wir hatten keine Stühle, und er schaute mal meine Freundin, mal mich an, unentschlossen, zu wem von uns beiden er sich aufs Bett setzen wolle. Eigentlich war er mir schon vorher aufgefallen. Ich habe ihn mal bei der Arbeit über das Feld rennen sehen. Da habe ich schon gewusst, dass er mein zukünftiger Mann sein würde. Miteinander Bekanntschaft schlossen wir aber erst im Wohnheim. Nach kurzem Hin- und Herblicken zu mir und meiner Freundin stellte er sich vor und setzte sich zu mir aufs Bett. Wir unterhielten uns, und er kam die folgenden Abende immer wieder. Meine Zimmernachbarinnen waren darüber nicht gerade erfreut, auch wenn Peter sehr leise und angenehm war. Zumeist saß er nur da und schaute mir beim Lesen zu. Eines Samstagabends kam er dann erneut zu mir. Meine Freundinnen gingen ins Kino und schlossen hinter sich die Tür. Peter nahm Platz und schaute mich einfach an.

Warum bist du hier, fragte ich ihn. Peter war über meine direkte Art erschrocken und wusste nichts zusagen Ich gab ihm daraufhin ein Buch und nahm mir auch eines. So verbrachten wir unseren ersten Abend. Er kam dann immer wieder und brachte kleine Geschenke mit, zum Beispiel Beeren und Blumen, die er unterwegs gesammelt und gepflückt hatte. Die Saison der Feldarbeit ging dann irgendwann zu Ende, und uns wurde erlaubt, nach Hause zu fahren. Ich hatte eine Fahrkarte für den früheren Zug. Peter für einen späteren. Einer von Peters Freunden gab Peter scherzhaft einen Rat: 'Du klebst doch ohnehin an ihr, fahr doch einfach mit.' Das setzte Peter auch in die Tat um. Ich sah ihn, wie er auf mich zukam und lächelte. Er hatte seine Fahrkarte umgetauscht. Als wir damals mit dem Zug ankamen, lud ich ihn zu mir nach Hause ein. Meine kleinen Geschwister liefen mir entgegen. Lena, ist das dein Freund oder Bräutigam, fragte mich meine kleine Schwester." „Mein Freund", gab ich zur Antwort. Mein kleiner Bruder fragte, warum mein Freund denn so klein wäre und ob es keinen Größeren gegeben hätte. Ich lachte. Mein kleiner Bruder fand eine Reihe von weiteren Gründen, warum er ihn nicht mochte. Ich heiratete Peter natürlich trotzdem. Danach kamen sechs Kinder auf die Welt. Jahre später, verstarb Peter an einer Alkoholvergiftung." Das war meine Geschichte.

Wir kriegen Dich

Ich nahm in der hintersten Reihe des Gerichtssaals Platz. Obwohl ich das Recht hatte, ganz vorne zu sitzen. Ich sollte Fragen beantworten, wenn es welche gab. Ich war kein Zeuge, vielmehr einer der Täter in einem Szenario, das sich in den Bergen entwickelt hat. Wenn ich ihn damals nicht erwischt hätte, würde er auch heute noch frei herumlaufen und stehlen, vielleicht sogar töten. Nikolai ist unberechenbar, erzählte der Förster bei seinem letzten Besuch bei uns in den Bergen. Er brachte uns auch die Nachricht über Nikolai. „Dem kann man alles zutrauen", hatte uns der Förster damals erzählt. Nun saß ich bedrückt im Gericht und schaute mir das Saalpublikum an. Spannung lag in der Luft. Der Saal war gefüllt von Menschen aus unterschiedlichen Schichten, manche gut, manche schlecht gekleidet. Vom Bettler bis zum Professor schien alles dabei zu sein. Es war wohl ihre Neugier, die sie in den Gerichtssaal gebracht hatte. Ich erkannte Nachbarn und Kollegen. Die Stadt, in der alles passiert war, war mittelklein, nur 100 000 Einwohner. Das Geschehene hatte sich schnell herumgesprochen. Ein junger Mann hatte mit einem Messer seine Frau und seine beiden kleinen Kinder erstochen. Nach der Tat flüchtete er in ein Versteck in die Berge, wo er etwa ein Jahr lang als Eremit lebte. Neben mir auf der Bank saß mein Kollege. Er arbeitete grundsätzlich in einer anderen Schicht, und wir sahen uns nur selten. Der Name meines Kollegen war Konrad. Konrad war kräftig gebaut, sehr zurückhaltend und machte gute Arbeit. Ich hatte meinen Vorgesetzten darum gebeten, dass Konrad mich begleiten darf. „Versucht beide, daraus etwas für euch mitzunehmen", hatte mein Vorgesetzter geantwortet und uns aus dem Zimmer geschickt.

Nun saßen wir beide neben vielen anderen im Gerichtssaal. „Wir wollen eine gerechte Strafe für den Mörder", es kam zu Zwischenrufen. Endlich hörten wir die Stimme des Gerichtsdieners. Er stand neben dem großen Tisch. „Bitte erheben Sie sich", seine Stimme klang weich, fast schon sopranartig. Die Richter traten ein, im Saal war es plötzlich ruhig geworden. Das Saalpublikum blieb einen Augenblick lang stehen, der Richter setzte sich. Damit war es nun auch den anderen erlaubt, sich hinzusetzten. Nur der Angeklagte blieb weiter stehen. „Der Angeklagte darf sich setzen", waren die Worte des Gerichtsdieners. Nikolai nahm Platz, man hatte ihn hinter einem Gitter aus Stahl platziert. Zunächst stellte der Richter Fragen zur Person und zum Familienstand. Nikolai antwortete bedrückt, „Witwer". Durch den Saal lief ein Raunen. „Bitte erzählen Sie uns doch, was in der besagten Nacht geschehen ist." Nikolai schwieg eine Weile, es schien, als wollte er sich konzentrieren. Er holte tief Luft, dann fing er an zu berichten. Er war die Ruhe selbst. Es schien mir sogar, als würde er die Aufmerksamkeit genießen. Nikolai erzählte, wie sich alles zugetragen hatte, jedes einzelne Detail. „An dem besagten Tag kam ich von der Arbeit nach Hause. Ich zog meine Arbeitsjacke aus und hängte sie an einen Haken neben der Tür. Es roch nach Essen, meine Frau hatte gut kochen können. Ich schritt durch die Tür und sah meine Frau. Meine Frau begrüßte mich mit einem liebevollen Lächeln. Ich fragte nach den Kindern. Meine Frau antwortete mir, dass sie draußen spielen würden. Sie bat mich, die Hände zu waschen und zu Tisch zu kommen. An dem Tag gab es Pelmeni. Ich ging nach draußen, um meine Kinder, Lara und Kolja, zu rufen. Die Kinder liefen zu mir. Lara sprang mir in die Arme. Meine Frau stand hinter mir und umarmte mich. Danach aßen wir gemeinsam zu Abend und räumten gemeinsam auf. Für gewöhnlich setzten wir uns dann gemeinsam vor den Fernseher, so auch an dem Abend. Meine beiden Kinder setzen sich auf meinen Schoß, und ich flüsterte ihnen zu, dass wir morgen gemeinsam in den Zoo gehen könnten. Die Kinder freuten sich riesig und wollten auch ihre Mutter mitnehmen. Nikolai schwieg eine Weile, dann atmete er schwer auf und setzte seine Erzählung fort. Ich selbst bin in einem Kinderheim aufgewachsen, Liebe und Zuneigung habe ich dort nicht viel erfahren. Wenn ich eine gute Leistung erbrachte, bekam ich zur

Belohnung ein paar Zuckerbohnen. Bei Ungehorsam gab es eine Strafe. Misshandlungen waren damit alltäglich. Einige Erzieher gaben sich sehr viel Mühe, dabei nicht hinzuschauen. Es war besser als das Gefängnis, trotzdem rissen viele aus. Sie wurden eingeholt und schwer bestraft. Nikolai schien erschöpft zu sein, die Erinnerung an seine Familie war, trotz seiner Tat, schmerzhaft gewesen. Auch dem Richter war das aufgefallen und er berief eine einstündige Pause ein. Als mein Kollege und ich am eisernen Käfig vorbei den Saal verließen, blinzelte Nikolai mir zu. Ob er mich nach einem Jahr wiedererkannt hatte, war mir unklar. Auf jeden Fall schien er mir zufrieden zu sein. Ich machte mir Sorgen und Gedanken, hatte der Richter Mitleid mit dem Angeklagten? Ich murmelte vor mich hin, dass eine Strafe für drei Morde nicht milde ausfallen könnte. Konrad und ich spazierten entlang der Wand aus rotem Backstein. Der rote Backstein war stabil, er konnte viele Jahre und Jahrzehnte überdauern. Genau das richtige für ein Gerichtsgebäude. Dann ging die Tür auf, und der Gerichtsdiener bat erneut um das Einnehmen der Plätze. Die Verhandlung wird fortgesetzt, waren seine schrillen Worte. Nikolai fuhr fort an dem Zeitpunkt, an dem er aufgehört hatte. „Nach dem Kinderheim brachte man mich in ein Jugendheim. Dort lernte ich das Handwerk. Auch als Jugendliche mussten wir einen Beruf ausüben, um unseren Unterhalt zu erarbeiten. Als ich erwachsen wurde, bekam ich einen Platz in einem Wohnheim zugewiesen. Das war wichtig, weil ich sonst auf der Straße gestanden wäre. Für den Beruf, den ich im Jugendheim erlernt hatte, bekam ich sogar einen kleinen Lohn. Ich war unglaublich stolz. Nikolais Stimme fing an zu beben. Ich habe in meiner Kindheit so viel Schlechtes erfahren, und danach schien sich alles zu wenden. Die Angst, dass alles vorbei sein könnte, habe ich aber immer gespürt. Als meine kleine Tochter in den Kindergarten aufgenommenen wurde, ging meine Frau Warwara wieder arbeiten. Wir freuten uns über das zusätzliche Einkommen, und es war alles bestens. Dank des zusätzlichen Einkommens konnten wir besser eben. Ich habe damals meinem Schicksal gedankt und darum gebetet, dass es immer so bleibt. Doch die Situation änderte sich. Warwaras Ansprüche wuchsen, ebenso die der Kinder. Ich habe versucht, mit Warwara darüber zu sprechen, doch ohne Erfolg. Sie hatte mich oft genug abgewehrt. Unsere Nachbarn sollten sehen, dass es uns gutging. Ich begann Warwara nachzuspionieren. Nikolai lächelte ironisch. Natürlich habe ich auch etwas gefunden. Ich fand heraus, dass meine Warwara öfter nach der Arbeit bei ihrem Vorgesetzten vorbeischaut. Zu Hause versuchte ich das Thema anzusprechen. Es brachte nichts, sie lehnte alles ab. 'Wir sind doch nur Kollegen, mehr nicht', versuchte sie sich bei mir zu rechtfertigen. Ich zog meine Jacke an und ging in die

Kneipe. Dort saßen meine Arbeitskollegen, und ich stieß hinzu. Als ich nach ein paar Drinks nach Hause zurückkehrte, saßen die Kinder weinend in der Ecke. Schwankend ging ich an ihnen vorbei. Ohne ein Wort zu sagen, warf ich mich auf mein Bett und schlief auch sofort ein. Wann meine Warwara nach Hause gekommen war, habe ich nicht gemerkt. Ich lag noch im Bett, als sie sich und die Kinder am darauffolgenden Morgen anzog und aus dem Haus ging. Das Ganze passierte mehrere Male. Bei mir wurde es auch immer schlimmer. Ich nutzte jede Gelegenheit aus, um an Alkohol zu gelangen. Ich arbeitete auch schwarz, um mir das Getränk leisten zu können. Die Kinder verwahrlosten immer mehr. Die Nachbarn redeten auf mich ein. Warwara wirkte wie besessen. Ihr schien das Leben aber zu gefallen. Wie hätte man sonst rechtfertigen können, dass sie bei ihrem Kollegen immer öfter vorbeischaute und blieb. Eines Tages kam sie nach Hause. Sie ging an mir vorbei, ohne mich anzuschauen. Sie stellte sich mitten ins Zimmer und schrie mich an, dass sie die Scheidung einreichen würde. Ich war sprachlos. Zuerst tat es mir unendlich leid, doch dann wurde ich wütend. Ich schwieg lange und fragte dann nach den Kindern. 'Die Kinder bleiben bei mir', gab sie mir lachend zur Antwort. Meine Wut lief über, am liebsten hätte ich sie gleich erwürgt. Ich drohte ihr, doch sie lachte mich aus. Sie begriff nicht, dass meine Drohung ernst war. Sie hat nicht gedacht, dass ich ihr etwas antun könnte." Er war jetzt bitter. Ich schaute durch das Fenster, weil ich Nikolai nicht ansehen konnte. Nur langsam hatte ich mich beruhigt. Mir ging vieles durch den Kopf. Wie muss Warwara wohl gewesen sein. Nikolai und sie waren keine zehn Jahre verheiratet. Ich besann mich wieder, weil Nikolai mit seiner Erzählung fortfuhr. „Damals in der letzten Nacht meiner Ehe zog ich meine Jacke an und ging erneut in die Kneipe. Ich habe mich schwer betrunken. Warwara hatte währenddessen die Kinder zu Bett gebracht und war verschwunden, als ich nach Hause kam. Böse Gedanken holten mich ein, und ich entwickelte einen Plan. Im Saal war es jetzt furchtbar still. Entsetzen lag in der Luft. Mich holte Schüttelfrost ein. Ich klammerte mich an Konrad. Nikolai berichtete weiter. Am nächsten Morgen saß ich am Frühstückstisch. Neben mir saß meine Frau mit unseren beiden Kindern. Unser Frühstück verlief ohne Streit. Meine Frau nahm die Kinder und brachte sie in den Kindergarten, von dort ging sie dann weiter zur Arbeit." Ich zögerte, dann zog ich mich an. Den Tag über verließen mich die bösen Gedanken nicht. Einige Kollegen schauten mich verwundert an, doch niemand sagte was. Ich habe an diesem Tag mit niemandem gesprochen. Den ganzen Tag verbrachte ich allein mit meinen Gedanken. Als ich nach Hause kam, spielte ich mit den Kindern. Wir aßen gemeinsam zu Abend und sie gingen zu Bett. Ich blieb sitzen und schaute wir ein Wahnsinniger die leere Tischplatte an. Meine Warwara war nicht nach Hause gekommen. Mich packte die Eifersucht, Warwara musste bei ihrem Vorgesetzten geblieben sein. Der Schmerz überkam mich, und ich stand auf, um mir ein Glas Alkohol einzugießen. Es blieb nicht bei dem Glas, und ich trank die Flasche leer. Es wurde Mitternacht, meine Warwara kam nicht nach Hause. An den Augenblick, als ich das Messer griff, kann ich mich nicht erinnern. Ich ging ins Kinderzimmer, und blickte auf die Kinder. Sie schliefen und waren blass und friedlich dabei. Das Publikum im Saal erschauderte. Nikolai fuhr fort. Meine Wut auf Warwara war unermesslich groß, doch sie war nicht da, die Kinder waren es aber. Nikolai fing an zu schluchzen. Große Tränen rannen ihm über das Gesicht. Ich blickte ins Publikum. Da war nur Hass. Zuerst stach ich auf das Herz meines Sohnes ein. Jetzt zeigte auch der Richter Regung. Die detaillierte Schilderung der Ereignisse hatte auch ihn nicht kalt gelassen. Nikolai hatte das Ganze nicht bemerkt und erzählte weiter. Meine Tochter wachte auf, sie sah mich mit ihrem unschuldigen Blick an, nicht wissend, was passierte. Ich zögerte einen Augenblick. Dann legte ich die Hand auf ihre Augen und stach zu. Im Saal herrschte Todesstille, alle Anwesenden hielten den Atem an. Ich habe die Kinder über alles geliebt und wollte nicht, dass sie einen anderen Vater bekommen. Mit diesen Worten brachte er mich zurück ins Bewusstsein. Im Saal herrschte noch volles Schweigen. Erzählen Sie weiter, bat der Richter, und Nikolai fuhr fort wie ein gehorsamer Schüler. Ich setzte mich wieder an den Tisch, nahm die Schnapsflasche, in ihr war noch etwas Alkohol übriggeblieben, den ich herunterschluckte. In meinem Inneren fühlte ich nur Hass auf meine Frau. Warwara ist an allem schuld, dachte ich. Sogar den Mord an meinen Kindern schob ich ihr in die Schuhe. Nach Mitternacht kam sie dann endlich nach Hause. Sie schien mir fremd zu sein. Sie hat mich gesehen, wie ich am Tisch saß, leere Flaschen lagen auf dem Boden. Doch sie hatte etwas übersehen. Dass hier etwas Grausames passierte, kam ihr nicht in den Sinn. Warwara hängte ihren Mantel an den Haken. Ich schaute sie mit trübem Blick an. Der Wodka war geleert: Sie merkte meinen starren Blick, doch führte sie ihn auf die leeren Wodkaflaschen zurück. Gerade als sie sich auf den Weg ins Kinderzimmer machte, nahm ich das Messer an mich und stand auf wackligen Beinen auf. Warwara drehte sich ab. Wieder kämpfte Nikolai mit den Tränen. Seine Stimme versagte. In dem Moment, als sie sich abdrehte, stach ich zu. Ich habe sie an der Seite getroffen. Nikolai schwieg erneut. Immer wieder stach ich auf sie ein. Sie bewegte sich nicht mehr. In dem Moment war mir klar, dass sie tot war. Ich brach zusammen, fiel quer auf ihren leblosen Körper. Im Saal war es ruhig. Ich warf wieder einen Blick auf

Konrad, der ballte die Fäuste, ließ sie locker, um sie einen Moment später wieder zu einer Faust zu ballen. Sein Blick war voller Wut. Ich legte beruhigend meine Hand auf seine, ohne irgendetwas zu sagen. Wir konnten nichts machen. Die Entscheidung lag nicht in unserer Hand. Mir kam der Gedanke, dass Konrad und ich hätten eingreifen können, als wir Nikolai auf dem Boden der Höhle in den Bergen gefunden hatten. Er hatte selbst darum gebeten, ihn zu erschießen. Nikolais Stimme klang jetzt sehr fern für mich, vielleicht sprach er aber auch nur leise. „Frühmorgens, es war noch dunkel, wurde ich wach", berichtete Nikolai. „Ich lag quer über meiner Frau, ihre Kleidung war blutig, ihr Körper schon kalt. Ich schaute auf meine blutverschmierte Hand, ich schaute auf meine Brust, mein blutiges Hemd. Die Kinder fielen mir ein, was war mit ihnen passiert? „Ein Schrecken durchlief meinen ganzen Körper. Ich schleppte mich auf wackeligen Beinen in das Kinderzimmer. Die Kleinen lagen blutig im Bett. Ich streckte die Hand nach meinem Sohn, ich wollte mich vergewissern, ob alles wahr ist, doch ich konnte ihn nicht berühren. Ich riss die Hand weg, als wäre sie mit Feuer in Berührung gekommen. Ich fühlte Angst, aber vor allem Ekel vor mir selbst. Die Angst zwang mich zu handeln. Ich musste etwas unternehmen. Plötzlich ging mir ein anderer Gedanke durch den Kopf. Flucht. Ich musste fliehen, ich musste mich dort verstecken, wo man mich nicht finden konnte. In den Bergen weit oben. Dort verstecken sich viele, irgendwie komm ich auch dort unter. Ich zog meinen Mantel an, nahm meine Flinte an mich, eine Schachtel Patronen lag wie immer auf dem Schrank. Aus irgendeinem Grund schaute ich mich noch einmal um. Dann legte ich die Patronen in meinen Rucksack, nahm das Brot, das ich im Hause fand, legte es auch in meinen Rucksack. Damit habe ich dann die Wohnung verlassen." Konrad konnte sich das Necken nicht verkneifen, „da sorgt er sich auch noch um seine Kleidung". „Da oben in den Bergen ist es ja kalt, da braucht der Mensch auch etwas Warmes zum Anziehen, war seine Antwort. Die Dunkelheit umgab mich, die Straße war leer. Die Angst trieb mich an. Zuerst ging ich langsam, ich wollte unbemerkt aus der Stadt kommen, dann immer schneller, bis ich anfing zu laufen. Ich lief so lange, bevor ich aus der Stadt rauskam. Sie wissen ja, er drehte sich zum Richter, ich bin ein Jäger, deshalb kannte ich mich in der Umgebung aus. Der Richter öffnete den Mund, er wollte etwas sagen. Dann schloss er wieder die Lippen. Ich schaute gerade auf den Richter, ich verstand ihn. Er wollte sagen, es ist nicht Ihre Stadt. Diese Stadt gehört einfachen Bürgern, den Mördern gehört sie nicht. Das konnte ich an seinem Gesicht ablesen. „Außerhalb der Stadt hielt ich schwer atmend an. „Ich musste überlegen, welche Richtung ich nehmen sollte. „Ich brauchte eine Richtung, in der ich keine Menschen antreffen würde. „Dorthin, wohin sich auch keine Jäger verirren. Mein Körper quoll über von Adrenalin. Dann kam mir die Idee. Oben in den Bergen gab es eine Reihe verlassener Minen, in denen man früher nach Gold gegraben hatte. Dort war ein Überleben möglich. Unterwegs musste ich oft rasten, weil mir die Erinnerung an meine Familie die Luft genommenen hatte. Manchmal aß ich ein Stück Brot, das ich von zu Hause mitgenommen hatte, ein paar Beeren, die ich auf meinem Weg gesammelt hatte. Ich lief, bis ich in auf eine Mine traf. Ich brauchte keinen Komfort. Es mag so scheinen, doch an diesem Tag suchte ich nur nach einem trockenen Platz. Furchtbar müde war ich und wollte eigentlich nur schlafen. Der Wille mich zu verstecken, nicht entdeckt zu werden, bestimmte mein starkes Handeln. Ich konnte mein Handeln einfach nicht kontrollieren. Ich hatte Angst, dass mich jemand sehen könnte." Nikolai schwieg.. Der Richter vertagte die Sitzung um zwei Tage.

Zu dem Zeitpunkt, als Nikolai den Mord begangen hatte, arbeitete ich auf einer Telekommunikationsstation in den Bergen. Wege des wechselhaften Wetters, der Gefahr von Entflohenen, den wilden Tieren hatte man die Arbeit auf der Station als hoch gefährlich eingestuft. Eines Tages erhielten wir Besuch vom Förster. Er besuchte uns ab und zu, weil man in unserer Gegend versucht hatte, Rehe hatte anzusiedeln und ihm das Programm am

Herzen lag. Wir tranken zunächst einen Tee. Das entsprach den Traditionen und Gepflogenheiten in Zentralasiatischen Ländern. Danach zog er aus seiner Gürteltasche ein Foto hervor. „Kennen Sie diesen Mann?" „Auf dem Foto sah man einen blonden Mann, etwa Mitte dreißig. Sein Gesicht verriet einen Mann von einer gewissen Willenskraft. Er war mittelgroß, kräftig gebaut, und unter dem Hemd sah man dann seine Muskeln. „Ein Mörder läuft frei in dieser Gegend herum", sagte der Förster. „Er hat seine Frau und seine beiden Kinder ermordet. Er hat sie alle drei mit einem Messer erstochen." Der Förster war offenbar sehr interessiert daran, was in dieser Gegend passierte. Der Förster stand auf, „jetzt muss ich aber weiter."

Wir wussten, dass der Förster ein guter Schütze war. Der Förster ritt weg, und mein Kollege Remington schaute sich das Foto noch einmal an. „Schau dir das Gesicht an, du kennst doch viele Leute in der Stadt." Ich nahm das Foto, um es mir genauer anzuschauen. Das Gesicht kam mir bekannt vor, aber woher nur. Dann kam mir der Gedanke. Es war schon lange her, ich hatte bei ihm zu Hause mal den Fernseher repariert. Danach haben wir darauf getrunken. Ich habe ihn dann nie wieder gesehen. Mein Freund Remington überlegte. „Wie werden Menschen eigentlich zum Mörder ihrer eigenen Kinder?" Ich wusste nicht, was ich sagen sollte. Mir wurde es unbequem. Ich schüttelte mich. Remington drehte sich zu mir. „Du kennst ihn doch bestimmt." „Ich kenne ihn nicht wirklich. Ich habe ihn einmal besucht wegen Reparaturarbeiten an seinem Fernseher. Danach habe ich ihn nie wieder gesehen. Er hat mir damals auch Fotos von seiner Frau und seinen Kindern gezeigt. Beide hatten blondes lockiges Haar; sehr hübsch und süß die beiden." Ich beobachtete Remington, sein Gesicht wurde rot. „Ich würde ihn mit bloßen Händen erwürgen, wenn ich könnte." Ich kühlte ihn etwas ab. „Der Förster sagte, dass er sich irgendwo in der Nähe rumtreiben würde, du könntest daher die Gelegenheit bekommen. Die Kinder hatten keine Schuld." Remington stand vor dem offenen Fenster. „Auf jeden Fall wissen wir, dass er hemmungslos ist und dazu ein guter Schütze." Mein Freund warf noch einmal einen Blick auf das Foto und legte es dann für alle sichtbar auf die Fensterbank. „Dich kriegen wir", flüsterte er leise und ballte die Fäuste. „Er war ein netter Mensch, als ich ihn damals getroffen hatte", war meine Antwort. „Vielleicht ist er aber jetzt ein Mörder", gab er schnippisch zurück.

So verging etwa ein Jahr. Eine Schicht wechselte die andere ab, und niemand von den Angestellten auf der Telekommunikationsstation sah ihn. Wir redeten nicht wieder über ihn und hielten ihn bereits für tot. Eines Tages erreichte uns die Nachricht, dass er in einem nahegelegenen Bergdorf gesehenen worden war. Er hatte Lebensmittel gekauft. Woher hatte er bloß das Geld dazu genommen. Meinem Kollegen Remington kam der gleiche Gedanke. „Ich glaube, er klaut von Jägern oder überfällt nichtsahnende Dorfbewohner." Es waren alles Vermutungen. Nachrichten dazu hatten uns nie erreicht. Eventuell hatte er sich das Geld auch auf friedlichem Wege besorgt.

Dann kam der Tag, an dem ich ihm begegnen sollte. Es war ein schöner sonniger Tag mit leichtem Wind. Eigentlich hatte mein Kollege Remington einen Spaziergang geplant, doch heute war er lustlos und müde. Vielleicht hatte sein inneres Gefühl ihm auch vom Spaziergang abgeraten. Meine Vernunft aber siegte. Es gab nichts Besseres bei diesem Wetter als einen Spaziergang durch die Berge. Ich atmete bewusst ein, und meine Lunge füllte sich mit klarer, frischer Luft. Ich nahm mein zweiläufiges Gewehr mit Kaliber sechzehn von der Wand sowie eine Schachtel Patronen aus der Schublade und ging zur Tür. Meine Flinte war aus Igewsk und hatte eine gute Qualität und Genauigkeit. Ich klickte das Schloss auf, schaute in den Lauf. Nur ein paar Kratzer, ich war zufrieden. Den Gurt vom Gewehr über der Schulter, verabschiedete ich mich von Remington und drehte mich zur Tür. Das Gewehr hatte mir immer ein Sicherheitsgefühl vermittelt, nicht zuletzt, weil es in der Gegend viele wilde Tiere gab. Bis zum Mittag schlenderte ich ziellos durch die Gegend. Ich schaute mir die Hügel an, die Schluchten, die Täler und freute mich des Lebens. Unsere Berge zeigen sich zu jeder Jahreszeit wunderschön. Ich pflückte eine Tulpe. Blumen, besonders Tulpen, waren zu dieser Jahreszeit in allen möglichen Farben hier zu sehen. Während unten im Tal alles verblühte, war in den Bergen erst alles am Aufblühen. Gegen Mittag bewegte ich mich langsam nach Hause. Ich schlug einen anderen Pfad, als den ich gekommen war, ein. Ich dachte nicht im Traum daran, Nikolai begegnen zu können. Die Telekommunikationsstation vor mir, vernahm ich plötzlich ein Geräusch. Es waren Schritte, jemand näherte sich mir. Offenbar hatte derjenige auch nicht geglaubt, jemandem zu begegnen. Ich nutzte meine Lage und schritt zur Seite, so dass er mich nicht sehen konnte. Er kam hinter einem Felsen hervor. Plötzlich blieb er stehen, keine zehn Meter von mir entfernt. Seine Augen waren weit offen, er atmete schwer. Ich sah in seinen Augen, dass er sich erschrocken hatte. Er hatte Angst. Zehn verhängnisvolle Schritte von ihm, den Lauf meiner Flinte auf ihn gerichtet, meine Hand auf dem Abzug. „Halt, Nikolai, wirf deine Waffe weg". „Woher kennst du meinen Namen?", es schien mir, als wolle er Zeit gewinnen. Langsam richtete er seine Flinte auf mich. In dem Moment drückte ich den Abzug. Ich zielte ihm auf die Beine, die Kugel ging durch seine Hüfte. Sie drehte ihn fast einmal um seine eigene Achse. Die Flinte fiel aus seiner Hand und rutschte den Abhang hinunter. Er fiel zu Boden. Langsam näherte ich mich ihm. Das Blut sickerte aus seiner Wunde, und er lag stöhnend auf der Seite. Notdürftig verband ich seine Wunde. „Kannst du laufen", fragte ich schroff. „Ich glaube schon", gab er mit einem schmerzverzerrten Gesicht zurück. Ich half ihm aufzustehen und stützte ihn gegen mich. „Gehen wir." Er nahm meine Hilfe dankbar an. Ich glaube, in diesem Moment fühlte er in seinem Inneren, dass für ihn ohnehin alles vorbei war. Das sah ich auch an seinem dankbaren Blick, den er mir zuwarf. Er schien erlöst. So gingen wir, wie zwei Freunde aneinander gefesselt, in Richtung der Station. Wir betraten die Station, und ich ließ Nikolai auf den Boden sinken. Er stöhnte nur. „Alles in Ordnung?", fragte Remington. „Ja, ich habe ihn angeschossen, weil er sonst als erster geschossen hätte." Remington schaute ihn nicht einmal an. „Lass uns ihn erschießen." Nein, er gehörte vors Gericht zu einem langsamen Tod verurteilt, dachte ich. Nikolai regte sich auf dem Boden. „Erschießt mich doch bitte, ich habe keinen Grund zum Weiterleben." Remington griff zum Telefon. „Wir haben ihn", sagte er kurz. „Wen denn", fragte die Stimme aus dem Telefon. „Nikolai, den Mörder seiner Familie", gab er aufgeregt zurück. Es folgte ein längeres Schweigen. Offenbar glaubte derjenige am anderen Ende der Leitung nicht das soeben Gehörte. Wir hörten, wie der Telefonhörer weitergereicht wurde. „Perfekt," sagte er kurz, „wir sind bald bei euch". Nach etwa einer Stunde kreiste ein Hubschrauber über der Station. Er landete sanft auf dem angrenzenden Landeplatz. Drei Männer stiegen aus und betraten die Station. „Ist er das?", fragte einer der Männer und zeigte dabei auf Nikolai, der blutend am Boden lag. Sie legten ihn auf die Trage. Mit zwei Männern brachten sie ihn zum Hubschrauber. Unsere Last fiel ab, und Remington ließ sich auf den Stuhl gleiten. Wochen später wurde ich als Augenzeuge zum Prozess geladen. Ich erzählte dem Gericht alles über meine Begegnung mit Nikolai. Das Gericht verurteilte ihn wegen Mordes in drei Fällen und verhängte die Todesstrafe. Das Publikum applaudierte, als man das Urteil verkündet hatte. Für Nikolai schien das Urteil eine Erleichterung zu sein.

Zeitfracht Medien GmbH
Ferdinand-Jühlke-Straße 7
99095 Erfurt, Deutschland
produktsicherheit@kolibri360.de